KB103716

요리치료 이야기

요리치료 이야기

발 행 | 2021년 01월 13일
저 자 | 권 명 숙
펴낸이 | 한건희
펴낸곳 | 주식회사 부크크
출판사등록 | 2014.07.15.(제2014-16호)
주   소 | 서울특별시 금천구 가산디지털1로 119 SK트윈타워 A동
305호
전 화 | 1670-8316
이메일 | info@bookk.co.kr

ISBN | 979-11-372-3262-4

www.bookk.co.kr
ⓒ 권명숙 2021

요리치료 이야기

권 명 숙 지음

CONTENT

머리말 5

제1장　인생이 바뀌다　6

제2장　노는 것이 치유이다　55

제3장　먹는 일이 치유이다　121

제4장　일상생활이 치유이다　177

제5장　요리치료는 행복이다　219

마치며 261

굴곡진 나무에 새 생명이 삐죽 올라왔다.
껍질이 벗겨지고 새 살이 아직 햇살에, 바람에,
눈빛에 낯선 순간에도 믿고 의지한 듯
모난 사이로 새것이 나 있다.

어느 세월에 시간을 벗 삼아 까이고 벗겨지고
허물만 남겨져도 세상의 이치가 그러하다고
허허실실 웃음 속에
슬픈 이야기를 나눌 수 있었던
지난 시간이 바람처럼 지나갔다.
참 고생 많았다.

처음 시작하는 낯설고 불안한 그대에게
희망의 메시지로 이 책을 보냅니다.

1장. 인생이 바뀌다.

나의 일이 된 요리치료

1. 삶의 목표가 생기다

자폐성향을 가진 아이

나의 20대 초반은 아버지의 사업실패와 그로 인한 어머니의 건강 악화, 그래도 '대학은 가야지'라는 생각만으로 지원하여 붙은 대학생활로 시작된다. 대학생활은 학교와 집만을 오가는 여고생과 다를 바 없었다. 집안일과 조카 돌보는 일로 4년을 보냈고 그러다가 아버지가 돌아가시고 직장도 없는 나에게 맞선이란 게 들어왔다. 우연찮게 맞선을 보게 되었고 초고속 결혼을 했다. 모르는 이들은 우리가 캠퍼스 커플인지 안다. 같은 대학과 같은 동아리 출신이라는 점이 모두를 오해하게 만들었다. 우리는 국가유공자 자녀라는 공통점도 있다. 88올림픽의 흐름에 발맞춰 무엇인가를 꼭 이루어야겠다는 특별한 꿈도 없이 전업 주부의 길을 걸어가게 됐다. 결혼 후 90년 5월, 첫 아이를 낳았다. 첫 아이와 함께 여러 역할에서 아내, 엄마, 며느리로서 생활도 내 의지와는 상관없이 평탄하지 않게 이어졌다. 지금 돌이켜 보면 추억이라는 이름으로 아름답게 포장되어 마음 편하게 이야기하지만 그 당시에는 정말 죽고 싶은 정도로 고통스러운 나날을 보내야했다.

우리 애는 엄청 순해. 먹고 자고 먹고 자기만 한다. 그리고 돌잔치 때 남겨진 주스병, 소주병, 맥주병을 가져다가 화장대 위에 가지런히 일렬로 세워놓고 놀았다. 「이 녀석이 천잰가 봐. 똑 같은 것끼리 모아 났네.」 누가 시키지도 않았는데, 상표별로 정확하게 분류를 하고 또 일렬로 세워놓았다. 여기에다 큰애가 특이한 게 또 있었다. 아침마다 배달되는 조간신문을 그 콩알만 한 녀석이 뭘 안다고 유심히 들여다봤다. 가만히 옆에서 지켜보니, 아이가 관심을 갖고 있는 건 삼성, 대우, 금성 등의 대기업의 마크(상표)였다. 아이는 이 표 딱지가 장난감이라도 되는 것처럼 그것에만 집중하면서 좋아했다. 「진짜 천재 하나 난가 보네. 신문도 보고, 같은 모양도 알고.」 이때까지만 해도 마음속으로 흐뭇했다.

돌이 지났다. 다른 아이들과 달리 조용조용하기만 하던 큰애는 내가 불러도 반응하지 않았다. 처음에는 귀에 이상이 있나 싶어서 13개월에 동네 이비인후과에 데리고 가봤지만 아무 이상이 없었다. 그러던 어느 날 아이가 싱크대에 팔이 끼었는데도 울지도, 엄마를 부르지도 않았다. 「너 왜 그러고 있니? 끼였으면 엄마라고 불러야지.」 서서 오줌을 지리고 그냥 그 상태로 너무나 평온하게 있는 것을 보고서 뭔가 잘못되고 있다는 생각이 들었다. 보통의 아이는 상처를 입으면 울면서 엄마 품에 안겨야 하지 않는가? 아이를 안을라치면 눈을 피하고 반사적으로 뒤집어졌다. 엄마인 나에게 매달리는 일도 없고 뭘 해달라는 징얼거림도 없다. 내 아이가 다른 아이와 다르다는 생각이 떠오르다가 '설마, 아니야, 성장과정에 있는 일일거야' 라고 스스로를 다독거리면서 아이의 다름을 인정하지 않았다. 우리 가족은 큰 아이가 24개월에 창원으로 이사를 가게 되었다.

남편의 발령으로 창원에 이사 왔을 때에는 젊은

엄마가 단독 주택을 통째로 빌려 산다는 게 주위의 또래 엄마들에게는 큰 부러움이었다. 동네 엄마들이 아이를 데리고 와서 우리 집을 놀이방처럼 드나들면서 자유롭게 놀았다. 창원에서의 생활은 또래를 키우는 아줌마끼리 아이들 이야기로 한나절을 보내는 일상을 즐기고 있었다. 그러던 어느 날부터 동네 아이들이 우리 집에 오지 않았다, 아이가 우리 집 초인종을 누르고 대문을 부여잡고 울고 있어도 그 아이 엄마는 매몰차게 아이를 때리면서까지 끌고 집으로 가는 것을 보았다

「00가 좀 이상한 것 같지 않아요.」 「그래 맞다. 잘 어울려 놀지 않고 혼자서 놀고, 말도 안하고 멍하게 있을 때도 있고」 아줌마들 사이에 이런 이야기들이 소문처럼 번져 나갔다. 시장이라도 갈라치면 연세 드신 아줌마들이 걱정 담은 목소리로 나를 불러 새워놓고 '우짜노 우짜노 새댁' 하면서 동정어린 위로를 한마디씩 던져 주었다. '괜않아질 거다. 다 클라고 그런 기다.'

생후 17개월, 이사 내려오기 전 세브란스 병원 소아과에 갔지만 '너무 어려서 모르겠다. 너무 어려서 검사가 안 된다'고 나중에 다시 오라고 했었

는데, 24개월이 된 지금, 동네 사람들의 입소문대로 아이를 마냥 지켜보고 있을 수는 없었다. 왜 그런지 어떤 문제가 있는지를 알아야 했다. 병이라면 치료를 해야겠다고 생각했다. 25개월에 서울대병원 소아정신과에 데리고 갔다. 진료실 앞에서 대기하고 있는 내 눈에는 너무나 익숙한 광경이 눈에 들어와 깜짝 놀랐다. 진료실 앞에 있는 조기교육실의 아이들이 하나같이 우리 아이와 비슷하게 행동했기 때문이다. 순간적으로 아이에게 큰 문제가 생겼구나 싶었다.

서울대병원 소아정신과 예약 일을 기다리는 한 달 동안 아이에 대한 육아일기를 적었다. 담당 의사선생님은 이 일기를 보고 하신 말씀은 「이 자료를 토대로 볼 때, 아이는 자폐성향을 보입니다. 그나마 일찍 오신 게 참 다행입니다, 다양한 검사를 받아 보시고. 좀 더 지켜보도록 합시다. 그렇지만 조기교육은 일찍 받는 게 좋을 듯합니다.」 그로부터 한 달에 두 번 서울을 오가며 검사를 받았다. 너무 어린 탓에 제대로 검사가 이루어지지 않은 것도 있었고 그렇게 몇 개월의 시간이 흐르고 의사선생님은 이제 창원에서 조기교육에만 전념하라고 했다. 마지막으로 의사의 면담이 있는 날이었다. 의사선생님은 진료실에서 돌아서는 나를 불러서 「만약 이 아이가 만 5세 전에 문장이 되는 말, 그러니까 엄마 밥 주세요, 엄마 배 아파요. 이런 문장이 되는 말을 하게 되면 희망적입니다. 그러니 열심히 교육 시키세요.」 라고 했다. 아버지의 직업이 뭐냐? 할아버지, 할머니가 계시냐? 어떤 일을 하시냐고 물었다. 나중에 알고 보니 장애를 가진 자녀의 조기교육을 하는 데 엄청난 비용이 들어가기 때문이었다.

　나는 오만했다. 내 아이 만큼은 시간이 지나면 말할 수 있겠지 하고 희망의 끈을 놓지 않았다. 아이를 위해서라면 세상에 무서울 것도 두려울 것도 없었다. 그런데 생각만큼 아이도 세상도 그리 쉬운 일이 아니었다. 아침에 눈 뜨면서 늦은 밤 눈 감을 때까지 똑같은 말을 수 백번, 수천 번을 반복에 반복을 하면 말하기 공부를 했다. 나는 저만치 뛰어 가고 싶은데 아이는 제자리에서 벗어나지 못했다. 그 또래의 아이들은 한두 번 들은 말도 잘 기억해내서 곧잘 지껄이곤 했다. 내 아이는 보통의 아이들이 식은 죽 먹듯이 나이가 차면 저절로 다 습득하게 되는 그 말을 하지 못했다. 내 아이가 말을 못한다는 현실을 받아들일 수밖에 없었다. 두 번째로 하늘이 아찔한 노란색임을 알았다.

서울대병원 진단 이후로 나는 아침에 두 눈을 뜨는 게 너무나 괴로웠다. 큰애를 조금이라도 낫게 할 수 있다면 무엇이라도 해야만 했다. 회사원 아빠, 전업주부 엄마인 우리 집의 경제력으로 아이에게 장애를 이겨 낼 수 있는 방법을 찾아야 했다. 건강하게 자라면서 아이에게 해 줄 수 있는 것 다해줘도 모자랄 판에 장애는 우리 가족 모두에게 족쇄를 채우는 일이며 아이에게 너무나 미안했다.

나는 아이를 위해 내가 할 수 있는 최선을 다했다. 소아정신과 분야의 최고 병원이라는 병원은 다 찾아갔고, 한 달을 기다려야 한다는 유명 의사 선생님에게도 매달려 아이의 진료를 부탁했다. 병원에서 일러 준대로 조기교육실을 찾았다. 1992년, 창원, 마산, 진해를 다 뒤져서 특수교육을 전공한 선생님을 찾았고 그 때 찾은 곳이 자람터 이었다. 아이가 조금이라도 이상하면 밤 12시가 넘어도 조기교육실 원장님에게 전화를 걸어 상담을 요청했다. 조기 교육실은 일주일에 세 번씩, 한번에 40분 수업이 이루어지는 곳이다. 1993년, 조기교육실 외에 마산에서 수녀님이 운영하는 장애-비장애 통합 어린이집에도 보냈다. 처음에는 거리가 멀어 수녀님의 어린이집 통학 버스가 창원까지 못 온다고 했다. 내가 통학하는 아이들 지킴이가 되기를 자처한 끝에 성모유치원에 보낼 수 있었다. 매일 아침마다 작은애를 업고 큰 아이를 데리고 유치원 버스를 탔다. 이와 함께 어린이집 보육교사처럼 아이들을 통솔해서 수녀선생님께 인수인계하는 통학 담당자가 되어야만 했다.

조기교육실, 통합유치원과 더불어 아이가 조금이라도 나아지라는 심정으로 새로운 환경을 자주 접하게 했다. 주변의 창원대학교와 경남 도청을 자주 찾았고, 볼거리로는 창원백화점과 부림 시장을 자주 갔다. 먹을거리가 많고 왁자지껄한 사람들의 소리가 넘쳐나는 재래시장은 진기한 것들이 많이 눈과 귀를 자극하는 훌륭한 학습장이었다. 창원백화점 지하 소극장에서 인형극도 많이 보여주었다.

내가 아이에게 행한 자연학습법이 어떤 전문가

로부터 이렇게 하라는 말을 들은 적이 없었다. 나중에서야 내 방법이 매우 현명하다는 걸 알았다. 내가 특수교육과 치료분야를 전문적으로 공부하게 되었을 때 헬렌 켈러의 스승인 설리번 선생이 자연 속에서 물소리, 나무, 잔디, 흙, 새소리 등을 접하게 함으로써 최선의 교육을 제공하는 영상을 보게 되었다. 헬렌 켈러는 장애에도 불구하고 설리번의 헌신에 힘입어 정상인이나 다름없이 생활할 수 있었다. 헬렌 켈러는 훗날 스승 설리번에 대해 회고하기를 「어떤 기적이 일어나 내가 사흘 동안 볼 수 있게 된다면, 어린 시절 내게 다가와 바깥 세상을 활짝 열어 보여주신 사랑하는 앤 설리번 선생님의 얼굴을 오랫동안 바라보고 싶습니다. 선생님의 얼굴 윤곽만 보고 기억하는 데 그치지 않고 그것을 꼼꼼히 연구해서 나 같은 사람을 가르치는 참으로 어려운 일을 부드러운 동정심과 인내심으로 극복해낸 생생한 증거를 찾아낼 겁니다.」라고 하였다.

　나의 희생이 내 아이에게 희망의 불씨가 되기를 바라고 있었다. 그리고 희망의 불씨가 살아났다. 조기 교육실은 생후 25개월에 시작하여 6.5세까지 다녔다. 서서히 인지 능력이 생겼고 학습이 이루어지는 것을 실감했다. 조기교육실에서의 노력은 가정으로 연결되어 복습을 하였고, 반복되는 가르침은 기억을 해 내는 기적을 가져 왔다. 나와 아이가 기억할 수 있는 일은 저 너머에 있어 꺼진 걸로 알았던 희망의 불씨가 조금씩 빛나기 시작한 것이다. 7세가 되었을 때 남편의 직장이동으로 다시 경기 광명시로 이사를 했다. 이 아이는 8세에 일반 초등학교에 입학을 하였고 일반아이들과 똑같은 환경에서 학교생활을 했다. 중학교 때는 영화 감상평을 엮은 책을 내면서 걱정하고 염려 해 주신 분들을 깜짝 놀라게 했다.

평범한 전업주부이자 자폐성향을 보이는 아이를 키우는 아줌마 도전의 시작은 다시 공부하는 것이었다. 자폐에 대해, 장애에 대해 무지한 나는 내 아이를 잘 키우기 위해서 시작한 공부이다. 아이가 유치원에 간 사이에 도서관과 서점에서 책을 봐야 했고, 신문에 실린 내용을 찾아보아야 했다. 아이로 인해 시작한 공부로 장애친구들을 만나는 계기가 되었고 후에 이것이 바탕이 되어 삶의 방향이 달라졌다. 첫 시작은 학습지 방문교사에서 시작하여 장애전담 어린이집 교사로 이어졌다. 복지관 치료사로 일하게 되면서 요리를 활용한 요리치료 프로그램을 만들기까지 이르렀다. 요리치료로 장애 친구와 부모님들 그리고 관계자들을 만나면서 전국적으로 불러 주는 곳이라면 어디든지 간다. 꼭 가야 한다가 나와의 약속이다.

"선생님, 이렇게 뵙게 돼서 반갑습니다. 먼 길 오느라 고생 많으셨어요."

2. 다시 시작한 공부

요리치료를 발견하다

나는 큰 아이를 조기 교육하는 과정에서 특수교육 지식과 방법을 알게 되었고 평범한 아줌마에서 장애와 특수교육과 치료사 공부를 하게 되었다. 장애통합 어린이집에 보내면서 보육교사 자격을 취득하였다. 일반 초등학교 입학은 잘 따라가지 못하면 어쩌나 하는 생각으로 나를 불안하게 만들었다. 초등학교 전 교과 과정에 대한 연수가 욕심이 나서 학습지 교사도 하게 되었다. 지금 내가 자격증을 많이 가지게 된 과정은 순전히 내 아이를 잘 키워보자는 이유에서 시작하여 취득한 자격증이다.

아이를 위한 공부의 시작은 장애아동을 만나는

선생님으로 불리게 되고 나는 복지관에서 장애아동과 인지행동과 미술치료를 하게 되었다. 자원봉사자가 아닌 교육비를 받는 치료사로 일을 하게 되면서 고민이 많았다. 장애아동과의 치료수업은 실질적인 변화와 효과를 기록해야 했다. 특히 자폐성장애 아동은 특성상 나의 수업 계획을 더 고민하게 만들었다. 요리를 생각하게 된 계기는 이러했다. 자폐성장애 아동이 가장 좋아하는 것이 무엇일까? 이 아동이 작고 답답한 치료실을 즐겁게 들어 올 수 있게 하는 방법이 무엇일까? 이 아동이 연령이 높아져도 할 수 있는 일이 무엇일까? 등은 나에게 주어진 큰 과제이었다. 내가 이런 고민은 하게 된 것도 결과적으로 자폐성향을 보인 큰 아이가 있었기에 가능했는지 모른다. 나는 장애를 키워 본 경험으로 장애아동의 마음과 행동방식을 누구보다도 잘 이해하고 대처할 수 있다고 자부하고 있었다. 내가 장애아동을 잘 통솔하고 효율적으로 치료교육을 하는 걸 관심 있게 지켜보던 원장님이 나를 불렀다.

"창연이 어머니, 이번 기회에 장애분야로 공부해 보시는 게 어때요. 잘 하실 거라고 봅니다."

내 아이를 가르쳐 준 정 원장님은 나에게 공부를 해 보라고 격려하셨다. 나는 아이를 키워 본 경험으로 장애 분야에 체계적으로 공부하라고 권유를 받았을 때, "내 아이 하나 키우는 것만으로도 엄청났는데, 이젠 그런 일 안하고 싶다고" 두 번 생각할 겨를도 없이 거절을 하였다. 그렇게 피하고 싶었던 일이 장애친구와 함께 하는 일이었다. 하지만 얼마 후 이 일을 해야겠다는 생각으로 마음이 바뀌었다. 보육교사 교육을 거쳐 행동치료, 미술치료, 놀이치료, 치료레크리에이션 등을 배우게 되고 그것을 활용해 봉사활동을 시작하면서 우리 친구들과 함께하는 일이 재미있었다. 사회복지대학원에 진학을 했다.

눈 맞춤이 안 되는 아이, 자해하는 아이, 대소변 가리지 못하는 아이, 걷지 못하는 아이, 마냥 울어대는 아이 등 중증 장애아동이 다 내 아이처럼 느껴지고 열정적으로 돌보았다. '아, 나 진짜 이 길을 가야 하는 거 아닌가?' 자해를 하던 아이가 차분하게 자리에 앉아 내 얘기를 듣게 되었고, 눈 맞춤이 되지 않아 전혀 모방도 되지 않는 아이가 나의 두 팔 안으로 다가오게 되었다.

"어..어..." "아.. 아..." "어마....." "아바....." 어눌하
고 서툰 소리로 나를 찾고 부르는 아이, 몇 번을
반복해도 기억하지 못하는 아이가 "엄마", "아빠",
"서새(선생님).." 이라고 입을 동그랗게 오므리고
눈을 맞추게 되었다. 내가 내 아이를 자라게 했던
것처럼 내가 만나는 아이들도 조금씩 자라고 있는
모습이 보였다. 나는 작은 변화를 보이는 아이들
의 모습에 희망이라는 단어를 생각하게 되었다.
그리고 내 아이에게 보였던 열정을 또 다시 걸고
있는 나를 발견하게 되었다.

2004년, 나는 밤에는 대학원을 다니고 있었고,
낮에는 보육교사와 (행동)치료사로 장애어린이집
에서 근무를 했다. 그런데 잘 자라던 둘째아이가
질풍노도의 사춘기를 맞이했다. 큰 아이 때와는
또 다른 위기감을 느꼈다. 나는 둘째아이와 시간
을 보내기 위해 보육교사를 그만 두었다. 둘째아
이와 시간을 보내고 있던 어느 날, 장애아동 어머
니가 내 집에서 아이를 돌봐달라고 요청을 했다.
당연히 거절을 했다. 둘째도 학교를 가지 않고 집
에 있는 나의 상황을 이야기하였다. 또래끼리 어
울릴 수 있는 어린이집이나 치료실에 보내는 편이

효과적일 거라고 말씀드렸다.

그 아이는 낯선 환경에 적응하는 데 어려움이 있어 복지관의 치료실을 꺼려한다는 것이었다. 선생님 집이라서 아이가 안정적이고 편안함을 유지할 수 있을 것이며, 안심하고 보낼 수 있을 것 같다며 꼭 봐달라고 거듭 애원했다. 나를 믿고 찾아온 작은 아이 한명을 가르치기 위해 우리는 가족회의를 했다. 남편과 두 아들은 흔쾌히 승낙을 해주었다. 특히 작은아이의 찬성표는 예상 밖이라 고마움보다는 불안감이 더 컸다. 이렇게 해서 2006년, 아파트에서 장애아동을 치료교육을 진행하게 되었다. 아파트 거실은 학부모님이 기다리는 대기실이 되고, 우리 아이들의 방은 치료실로 꾸며지게 되었다.

평소와 다름없이 장애아동들과 수업을 진행하고 있었다. 거실에서 두 어머니가 앉아 계셨다. 수업이 끝나고 어머니들과 활동 후 대해 이야기를 나누는 상담 시간이었다. 그 사이 남아a는 거실에 놓은 화초 앞에서 우두커니 서서 바라보다가 이파리를 뜯고 있었고, 남아b는 주방을 뒤지고 있었다. 남아b가 눈에 들어왔다. 냉장고 문을 힘겹게 열더니 달걀, 파, 우유, 식빵 등을 꺼내 놓았다. 마치 소꿉놀이 하듯 올리고 내리고, 흔들고 냄새도 맡아보더니 입에 가져다 맛도 보는 듯 했다. 그 모습은 사실 특별한 게 아니었다. 아이들이 물을 먹겠다고 나의 주방에 간다. 식탁 위에 놓인 무언가를 뒤적거리기도 한다. 남의 집 냉장고도 자기 집 냉장고인양 벌컥 열어 놓고 내용물을 집어내거나 마음에 드는 것이 있으면 따 먹기도 한다. 뭐 이 정도는 호기심이 있는 행동이므로 모른 척하고 넘어가는 경우도 있다. 다만 '남의 집 냉장고 열지 마, 안 돼, 하지 마 닫어 얼렁' 이라는 말로 부모님들이 더 안달을 하니 난 그저 보고만 있어도 상황이 종료되기도 한다.

나는 치료사이다. 행동치료, 미술치료, 인지, 놀이 등으로 아이들을 가르친다. 사실 미술치료는 아이들이 반응이 워낙 미미하기에 놀이에 가까운 것이나 다름없었다. 만지기 싫어하는 아동은 만지게 하고 마음대로 칠하는 아동은 규칙, 즉 종이에 칠하게 하고 크레용, 색연필, 연필, 물감 등 재료를 바꿔서 다양한 경험을 하게 하는 활동이었다 '치료'라는 이름에서 느낄 수 있듯이 아이들 입장에서는 정말 싫은 치료교육으로 비추어질 수밖에 없었다. 나는 어떻게 하면 아이들이 싫증을 내지 않고 교육과 치료를 할 수 있을까? 하는 고민을 해왔다. 우리 아이들의 특수성을 무시하고 어떤 치료가 좋다더라, 어떤 치료가 효과를 보인다더라 등의 넘쳐나는 정보와 치료에 아이들을 끼워 맞추는 것은 아닌가 하는 생각이 많았기 때문이다. 실제로 만지기를 거부하는 아동에게는 손에 묻는 거, 누군가가 억지로 무엇을 하게 만드는 일, 작고 답답한 치료실에서의 치료 교육을 거부하는 사례도 종종 있기도 했다.

주방에서 노는 아이, 냉장고를 뒤지는 아이를 보면서 나의 머릿속에서는 불꽃놀이를 하고 있었다. 식재료를 활용해서 미술놀이를 시작했다. 미술놀이에서 시작한 주방에서의 수업은 요리 만들기까지 하게 되었다. 첫 시작은 작은 것에서 출발되었다. 작은 방에서 이루어지는 치료교육이 아닌 거실과 주방으로 이어진 넓은 공간 주방 식탁에 커피 믹스와 잔 그리고 뜨거운 물을 갖다 놓고, '엄마에게 커피 끓여 주자 '하고 말을 건넸다. 중증 장애아동에게 결과를 바라고 무엇을 시킨다는 자

체가 거의 불가능함에도 불구하고 커피 끓이는 활
동은 아이들의 반응이 금방 나타났다.

아이들은 가르쳐준 대로 작은 손으로 주전자에
물을 받고 커피 잔에 커피 믹스봉지를 가위로 잘
라서 커피 잔에 넣는다. 주전자의 뜨거운 물을 커
피 잔에 붓는 것까지 성공했다. '엄마, 엄마'하면서
커피 잔을 들고 거실에 앉아있는 어머니에게 조심
스레 걸어간다. 엄마는 반갑기도 하고 놀라는 얼
굴이었다. 어머니는 아이 옆에서 항상 음식을 먹
여줘야 하고 챙겨 주어야 했던 아이가 자신에게
커피를 타 온다는 사실 앞에 눈물을 보였다. 장애
아동과 함께 하는 주방에서의 요리 만들기의 효과
와 반응은 놀라웠다. 나의 늦은 공부와 우리 아이
들이 만들어 준 요리치료 프로그램을 하게 된 계
기가 되었다.

3. 첫 수업

특수학급 아이들

내가 가르치는 발달장애 아동의 냉장고 뒤지기에서 발견한 요리치료는 예상 밖으로 호응이 좋았다. 식재료 활용을 이용한 미술치료를 시작으로 결과물을 만들어 내기까지 장애인의 특성과 발달 수준에 따라 진행할 수 있는 방법은 아직 미개척 분야로 해야 할 일이 많았다. 「이렇게 아이들이 좋아하고 거부 반응이 없는 걸 몰랐어요.」 「아이와 함께 수업을 받으니 참 행복하더라구요. 착석이 어렵고 표현이 서툴렀던 아이가 긴 시간 앉아 있는 것도 기적이에요. 그리고 먹어 보고 궁금해 하는 감정 표현이 생긴 것도 기적이에요.」 어머님과의 상담에서 용기를 얻은 나는 집에서 아이들을 가르치는 것에 그치지 말고, 더 많은 장애아들에게 요리치료의 혜택을 주고 싶었다. 그래서 서울 경기권의 학교와 복지관과 센터에 요리치료 수업을 하게 해달라고 홍보를 시작했다.

어떤 곳에서는 한번 해보자고 즉각 반응이 왔지만, 어떤 곳은 요리치료를 놀이치료로 오해하기도 하고, 어떤 곳은 별 치료가 다 있네. 라고 무시를 했다. 일일이 찾아 다니는 발품 홍보는 한계가 있었다. 인터넷 시대이니까 인터넷으로 전국의 모든 특수교사와 치료사들에게 요리치료를 알려보기로 했다. 전국 특수교사들에게 메일을 보내는 '메일 마케팅'을 시도했다. 일일이 관계자를 앞에 두고 '요리치료가 식재료를 매체로 하는 장애아동을 자립과 재활에 도움이 될 것이며 타 치료와 다른 점은 오감을 충족해주는 획기적인 치료이다' 하는 내용을 한 눈에 볼 수 있도록 정리하여 보내기를 지속적으로 하였다. 혼자서 부지런히 애썼다. 아마도 이때 어깨에 염증이 생긴 듯하다.

하지만 어렵사리 보낸 전국 특수교사의 메일의 반응은 대부분 감감 무소식이었다. 어떤 메일은 스팸으로 처리되었는지 수신표시가 나오지 않았으며, 어떤 메일은 주소가 잘못됐다고 반송되어 오기도 했다. 메일을 보내고 나서 전혀 답 메일이 없어서 낙심하고 있을 때 한 통의 답 메일이 왔다. 답 메일의 내용에는 '정말 아이들이 좋아하는 치료가 있었어요?' 와 "한번 해 보고 싶다"는 반응이었다. 특수교사는 메일을 보낸 사람이 다름 아닌 그들과 비슷한 일을 하는 치료사이기 때문에 더더욱 신뢰를 얻을 수 있었다고 생각한다.

2009년, 현장 특수교사의 적극적인 호응에 힘입어 마침내 내가 세계 최초로 개발한 요리치료로 특수학급에서 강의를 할 수 있었다. 전화로 요리치료 프로그램진행 요청을 받았을 때, 대상자의 수준은 천차만별이었다. 자폐성장애 아동은 다른 장애 아동에 비해 의사소통의 어려움과 타인에 대한 무관심이었다. 그리고 감각 기능에 문제가 있는 아이들이므로 식재료를 활용하여 촉각을 오감각을 자극하는 게 필요했다. 이러한 작업은 장애특성과 발달수준에 따라 요리치료 프로그램을 구성하여야 했다. 아이들의 흥미와 호기심은 수업에 적극적인 참여 동기를 가지게 된다. 첫 수업의 떨림은 고민으로 채워지고, 첫 만남은 긴장으로 열리게 되었다.

드디어 교실로 들어가 아이들을 마주했다. 6명의 눈빛은 나를 향하고 있었다. 다소 떨리기도 했지만 아이들을 보니 나의 지난 시절이 떠올랐다. 나는 아이들과 인사를 나눈 후 호흡을 가다듬으면 진행을 했다. 「이번 시간에는 요리활동을 하는 거예요. 여기 있는 찹쌀가루를 물을 넣고 반죽을 해서 경단을 만들고 나서 우리가 먹을 거에요. 우리 놀아 볼까요.」 장애아동과의 요리치료를 진행하는데 있어 일차 성공은 착석을 보면 알 수 있다. 나는 아이들의 착석과 집중을 이끌어 내는데 성공했다. 아이들의 반응에서 자신감이 생긴 나는 앞에 놓인 재료를 설명했다. 동그란 공처럼 생긴 경단을 만들 때는 찹쌀가루에 물을 넣고 반죽을 하면 찰흙처럼 덩어리가 만들어지는데, 가루에 물을 넣는 경험도 했으며, 반죽이 되도록 두 손으로 주물러 보는 체험도 직접 하도록 했다. 이러한 일련의 과정을 눈으로 보고(시각), 만져 보고(촉각), 맛을 보고(미각) 소리도 듣고(청각) 냄새도 맡아 (후각) 볼 수 있는 수업을 특이하게 받아들이는 것 같았다.

우리 친구들이 언제 이렇게 식재료를 만져 보았을까? 누가 자세하게 설명해 줄까? 라는 생각에 이르렀다. 쌀이 나무에서 난다고, 쌀이 마트에서 난다고 말하는 일반 아이들이 있을 정도인데, 장애를 가진 친구들이 쌀이 어디서 생산되는지는 몰라도 쌀을 구별할 수 있고 쌀로 밥을 지을 수 있게 하는 것이 요리치료를 만든 나의 최종 목표이었다. 요리치료의 최종목표를 이루기 위해서 장애특성과 발달수준 그리고 생활연령에 맞추어 놀이, 인지, 학습, 사회성 등을 지도하여야 한다. 초등학교 특수학급에서의 요리치료는 경험과 체험으로 인지·학습 영역에 중점을 두었다.

쌀과 찹쌀을 관찰하고 비교한다. 찹쌀가루와 카스텔라가루를 만져보고 느낌을 말한다. 카스텔라를 체에 내려 가루를 만들어 경단을 굴려서 옷을 입히는 활동으로 오감을 자극한다. 경단을 만들어가는 모든 과정이 장애아동에게는 기존의 타 치료와는 다른 직접 참여로 빚어내는 결과물이었다. 그리고 활동과정에서 맛보는 행위는 긍정적인 자극제이며 강화물이기도 하였다.

경단은 찹쌀가루를 끓는 물로 반죽하여 500원짜리 동전만큼 떼서 동그랗게 만들어요. 동그랗게 만드는 것을 '빚는다.' 라고 해요. 동그란 경단을 끓는 물에 담갔다가 건져서 카스텔라 가루에 굴려서 만든 것을 찹쌀 경단이라고 해요. 아이들에게 경단을 만드는 과정과 방법을 보여 주며 설명하고 실제적으로 시연을 반복했다. 앙증맞고 작은 손으로 찹쌀 반죽을 떼어내 동글동글하게 빚고 국자에 담아 뜨거운 물에 넣었다가 건져 찬물에 넣어 식혀 내는 과정을 반복했다. 그러고 나서 경단을 만져보게 했다. 아이들에게 반응을 알아채고 표현하는 방법을 가르쳤다. 경단이 물렁물렁해요. 경단이 쫀득쫀득해요. 경단이 늘어나요 등이다, 그리고 카스텔라 가루를 나누어 주었더니 먼저 킁킁 냄새를 맡아 보고 만져 보고 먹어 보았다. 「카스텔라 가루를 접시에 골고루 펴 놓고 경단을 굴려요. 그러면 경단에 노란 고물이 묻게 돼요.」 아이들은 나의 설명과 동시에 무섭게 재료를 나누고, 흥미롭게 경단을 그 위에 하나씩 굴렸다. 그러자 노란색을 입은 찹쌀 경단이 한 개 두 개씩 만들어졌다. 소리를 지르는 아이들의 입이 벌어졌다. 그 사이

어떤 아이의 얼굴은 노란 가루가 묻혔고, 어떤 아이는 손에 카스텔라 가루가 덕지덕지 묻혔다. 한 아이는 빵을 슬쩍 입에 넣어 오물거리기도 했다. 시간의 어떻게 흘렀는지, 완성된 카스텔라 찹쌀경단이 책상 위에 놓였다. 아이들은 완성 된 찹쌀경단을 신기하게 바라보면서 어떤 일을 해냈다는 성취감과 자신감을 느끼고 있었다. 항상 마지막은 요리를 먹어 보는 시간이다. 자신이 만든 경단 하나를 집어 입에 넣었다. 바라보기만 해도 즐거운 모습이었다.

　요리치료가 거의 마무리되고 아이들과 감사의 인사를 나누었다. 요리치료 수업을 지켜보던 교장 선생님이 나를 불렀다. 내가 실수를 했나? 라는 떨리는 마음으로 교장 선생님을 뵈었다. 「권 선생님, 정말 좋습니다. 아이들이 이렇게 재밌어 하면서 수업에 집중하는 건 참 보기 힘든 일입니다. 권 선생님의 요리치료가 아이들을 변화시킨 거예요. 앞으로 자주 뵙기를 바랍니다. 특히, 요리치료는 우리 장애아동에게 실질적으로 필요한 교육이라고 봅니다. 요리치료를 통해 스스로 무언가를 해 낼 수 있는 자립, 특히 먹는 문제를 확실하게 해결할 수 있겠네요.」

　이렇게 해서 나의 첫 수업은 성공적으로 마칠 수 있었다. 돌이켜 보면, 이때 나의 첫 수업이 특수학급에서 인정받았기에 오늘의 내가 있다고 생각한다. 첫 수업이 실패로 돌아갔다며 지금 나는 평범한 주부로 살아가고 있을 것이다. 나에게 내려 준 기회에 최선을 다해 남김없이 능력을 펼쳤기에 이런 결과가 나왔다고 생각한다. 나는 현장에서 만나는 우리 친구들에게 진심을 다하고 있는가? 처음의 떨림과 불안은 한 뼘씩 성장할 수 있도록 하였으며, 현장에서의 긴장은 잘할 수 있다고 최면을 걸고 최선을 다하는 마음으로 임하게 한다.

4. 교육과학사와 김 교수님

긍정적으로 바라보다

2007년, 그 당시에는 복지관에서 치료사로 일하고 있었다. 선생님의 직업은 무엇입니까? 어떤 일을 하고 있습니까? 라고 묻는다. 이렇게 묻는 강사 앞에서 주눅이 들었다. 교수 앞이라 주눅이 든게 아니라, 교육에 모인 수강생의 자기소개에 기가 눌린 격이다. 전국에서 모인 선생님들은 전문분야에서 중심역할을 하고 있다고 느꼈기 때문이다. 우리나라에 치료라는 분야가 미술치료, 놀이치료, 음악치료 등 이름만 붙이면 다 치료지 않냐. 음식으로 치료해 보시지 그러냐고 했다. 제가 식재료로 요리도 하고 치료도 한다고 말했다. 그랬더니 요리치료 하면 되겠네 하신다. '요리치료', 내가 감히 요리에 치료라는 말을 붙어 사용할 수 있을까 하는 생각이 많아졌다. 그래서 용감하게 장애아동과의 요리활동에 대한 경험으로 책을 쓰기 시작했다. 2007년, 12월 24일 [요리치료의 비전과 전망]이라는 이름을 걸고 첫 세미나를 했다. 크리스마스 전날에도 불구하고 호응이 좋았다. 세미나 준비를 많이 했음에도 불구하고 떨리는 마음은 지금 생각해도 온 몸에 전율이 흐른다.

요리로 개별 치료를 진행 해본 경험으로 2007년, 요리치료에 관한 첫 원고를 들고 출판사를 섭외하기 시작했다. 인터넷 투고와 출판사 방문, 우편으로 보내기도 했다. 그러나 어느 한 곳도 연락은 오지 않았다. 첫 번째 책의 공동저자가 말씀하시길, 저자 권명숙으로 출판이 어려울 것이라고 했다. 학위는 석사, 직업은 치료사인 나의 이력으로는 출판 된 책의 판매량을 생각한다면 출판사 측에서는 손해라는 것이다. 그래서 그 당시 교수라는 직함을 달고 있는 그 분이 본인을 활용하라고 했다. 공동저자의 이력을 내세웠더니 출판사에서 연락이 왔다. 출판사와의 계약은 당연히 그 분 혼자 가서 했다. 나는 열심히 쓰고, 부지런히 쫓아

다녔음에도 첫 번째 책에 대한 저작권은 없다. 참 몰랐다. 모르니 당할 수밖에.

2008년 『요리치료의 이론과 실제』, 첫 번째 책의 아픔을 접고 특수학급에서 진행한 요리치료 프로그램을 정리한 내용을 책으로 내고 싶었다. 교육과학사에 부지런히 문을 두드렸다. 첫 번째 책의 저작권은 없지만 인연으로 해 주시리라 믿었기 때문이다. 내 이름 석 자를 걸고 2010년 『요리치료 활용 프로그램』, 두 번째 책이 출판되었다. 교육과학사 부장님이 말씀하시길 10년을 내다보고 출판하는 것이라 하셨다. 2012년 『현장적용의 요리치료의 실제』, 세 번째는 생활시설의 성인 지적장애인의 요리치료 프로그램에 대해 책을 냈다. 이 두 권의 현장에서 진행 한 프로그램을 정리한 내용이다. 10년의 시간이 흐른 지금 살펴보면 많이 부족하지만 그 당시에는 책 출간은 참 잘한 일이었다. 요리치료라는 말을 처음 사용하여 요리치료 책을 출간한 선구자, 먼저 길을 가는 사람이 되었다. 다행히 나는 요리치료 전문서 세 권을 낸 저자가 되었다. 지난 시간을 돌아보면 혼자서 어떻게 해서 내가 그런 일을 해냈을까? 그리고 미개

척 분야를 믿음으로 책을 내 주신 출판사(교육과
학사)도 감사할 뿐이다. 내가 출간한 이 독창적인
내용의 책은 일산의 집에서 장애아동과의 치료교
육 내용과 요리치료를 배우고 싶다고 찾아온 선생
님에게 요리라는 매체가 장애특성과 발달수준에
따라 어떻게 활용되는지에 대한 방법을 가르쳤던
내용을 정리한 것이다.

　요리치료 관련 책을 냈을 때 많은 사람들이 고
개를 갸웃거렸다. 어떤 분은 책 표지를 보더니 '무
슨 요리로 치료를 하느냐?' '장애아동이 어떤 요리
를 잘 만드느냐?' '어떤 요리를 먹이면 장애 애들
이 낫느냐?' 고 물었다. 어떤 분은 '아 이 책은 요
리사와 조리사들이 활용하는 것이군요.'라고 물어
보기도 했다.

　요리는 누구나 쉽게 접근할 수 있다. 그러므로
요리치료는 이 책으로 쉽게 활용할 수 있을 것이
다. 2019년, 현재 요리치료학과는 없다. 또 요리치
료를 배울 수 있는 유일한 곳은 민간자격증을 취
득할 수 있는 저자 권명숙 이 직접 강의하는 곳은
한국요리치료연구소 뿐이다. 요리치료는 학교 뿐
만아니라 다양한 기관과 센터에서 요구가 늘어나

면서, 요리치료가 해를 거듭할수록 가르치는 커리큘럼이 늘어나고 있다. 장애인의 평생교육 시스템에 따라 생활교육을 기반으로 하는 자립과 재활을 위한 삶의 한 부분으로 중요시되고 있다. 머지않아 대학교에 미술치료학과, 음악치료학과, 놀이치료학과 등과 대등한 위치에서 요리치료학과가 생길 것이라는 희망을 걸어 본다.

「요리치료는 식재료와 조리도구를 매체로 특수교육과 치료지원, 그리고 상담심리를 근거로 하는 전문영역이다. 요리치료는 결과물보다는 활동과정을 중요시 한다. 요리치료는 인간발달 이론을 바탕으로 일반인에게는 상담심리를, 장애인에게는 특수교육과 치료지원 위주로 진행한다. 유아동에게는 신나고 신기하고 신선한 놀이체험과 기초개념을, 청소년에게는 자아 존중감 향상과 사춘기 우울과 직업지도, 심리·정서지원 프로그램을, 노인에게는 우울과 치매예방을 위한 신체적·정서적 프로그램을 실시하고 있다. 장애인에게는 생활연령과 장애특성에 따라 언어. 인지·학습. 놀이, 예술, 정서·행동. 사회성 영역에 따라 적합한 방법을 알고 방향을 제시하고 방식을 만들어 가는 일을 하고 있다.

나는 책을 발간 한 후 본격적으로 내 이름을 걸고 요리치료사 교육을 하고 있었다. 교육 후 바로 현장에 나갈 교육생에게 완벽하게 전수하고 싶었다. 공저로 책을 내고 함께 요리치료사 양성과정으로 진행했지만 서로 추구하는 방향이 달랐다. 다시 혼자가 되었다. 나는 슬럼프에 빠졌다. 나는 요리치료가 나의 의지와 상관없이 이루어지면서 위기에 처하게 되었다. 하지만 내가 할 수 있는 일은 없었다. 그저 독특한 분야의 책을 낸 힘없는 공동저자에 불과했기 때문이다. 다시 예전의 나로 돌아가려고 생각하고 있었다. 이때 나에게 용기를 주신 분이 있다.

2004년, 김 교수님은 내가 보육교사 교육을 받을 때 장애보육에 대한 강의를 들으면서 뵈었다. 그 당시 교육님의 살아있는 현장은 장애교육에 대한 갈증을 느끼고 있었던 나에게 다양한 방법을 지도해 주셨다. 교수님에 대한 무한 신뢰와 미래에 대한 기대는 가슴이 벅찼다. 교수님의 격려 전화는 내가 요리치료로 해 온 일이 결코 사소한 일이 아니라는 걸 깨달았다. 나에 대한 자부심이 생겼고 또 장애아들에 대한 책임감이 일어났다. 대학의 특수교육학과 교수로 재직 중이셨고, 내가 요리치료 책을 내고 교육을 한다는 소식을 듣고 전화를 해 주셨다.

「권 선생님 소식 들었다, 내용이 참 독창적일 뿐만 아니라 특수교육에 활용 가치가 매우 높다고 생각해요. 우리 아이들에게 꼭 필요한 분야인데 미처 생각하지 못한 것을 개발해 내어 책을 발표한 점을 매우 높게 사고 싶다. 이 분야에 수십 년 동안 몸담고 있어보니, 특수교육에 좋다는 별별 교육과 치료를 접하게 돼요. 권 선생님이 만든 요리치료는 장애아를 키워 본 엄마의 순수한 마음에서 장애아의 자립과 재활에 도움을 주고자 이 책을 썼다고 판단되는데, 요리야말로 장애아들에게 생존적인 측면에서 절실하게 필요한 것이기 때문이에요. 잘 아시겠지만 장애아 엄마들이 소원은 아이보다 하루 더 살다가 가는 게 소원이에요. 그래야 아이에게 책임을 다 했다고 생각하는 것이에요. 먹고 사는 것, 이처럼 장애아들은 밥 한 끼를 그것도 자기 손으로 먹는 게 어마어마하게 중요한 문제이지 않냐. 그런데 권 선생이 하고 있는 요리치료는 우리 장애아에게 가르치면 그 문제가 쉽게 해결될 수 있겠더라구요. 끝까지 잘 해 봐야지 않겠냐구. 권 선생, 향후 장애친구를 대상으로 좀 더 구체적이고 세부적인 요리치료 매뉴얼이 개발된다면 좋겠습니다. 그리고 더 확장애서 우리 아이들이 돈도 벌수 있는 시스템을 갖춘다면 살아가는 데 도움이 되리라 기대합니다, 이렇게 하게 된다면 권선 생은 특수교육 분야에서 선구적인 족적을 남기게 될 거라고 믿습니다.」

김 교수님의 격려 전화는 나를 다시 일으켜 세웠다. 그래, 이대로 주저앉을 순 없었다. 내 이름을 걸고 만들어 놓은 것을 정직하게 최선을 다하면 분명히 장애인을 포함해서 그의 가족에게 도움 줄 수 있을 거라는 확신을 가졌다. 지난날의 큰 아이의 조기교육이 스쳐 지났다. 정상적인 아이로 키우기에는 모두가 불가능하다고 애쓰지 말라고 했다. 모두가 정상으로 살아가는 건 어렵다고 말했지만 나는 악착같이 치료교육에 매달렸었다. 그 당시의 소원이 일반학교에 입학시키는 것이었다. 큰 아이를 8살에 일반학교에 입학시켰다. 돌이켜 보면 그저 평범하기만 했던 내가 그런 억척스러움의 근성이 어디서 나왔는지 스스로 놀란다. 쇠 힘줄 같은 내 근성은 친정엄마로부터 이어받았다고 본다. 당신은 많이 배우지 못해 무식하다고 말씀했지만 우리 가족을 위해 모든 걸 바치셨다. 사실, 우리 가족 중에 큰 오빠가 소아마비를 앓았다. 엄마는 큰 오빠를 치료하기 위해서 지방까지 용하다는 곳을 다 찾아 다녔다고 했다, 명성이 자자한 의사, 잘 맞힌다는 무술인 등이 있다면 어디든지 찾아갔다고 하셨다, 다행히 큰 오빠의 소아마비는 내가 대학생이 되고 결혼을 해서도 몰랐으니 친정 어머니의 지극한 모성과 의지로 만들어진 것임에 분명했다,

'위기는 위험한 기회이다.' 누구나 어려움에 직면하게 된다. 그 어려움을 극복하느냐, 주저앉느냐는 자신에게 달렸다. 다시 시작하기로 결심했다. 요리치료 현장을 나가면서, 요리치료 프로그램을 구축해 나갔다. 그렇게 해서 현장에서 활용할 수 있는 요리치료 프로그램을 중심으로 소개하는 두 권의 책을 더 냈다. 초창기 무조건 책을 내는 것에 목숨을 걸었다면 이제는 요리치료에 관한 한 최고의 프로그램으로 장애인과 그 가족에 유용한 프로그

램을 연구하고자 한다. 2019년, 10년의 긴 여정을 정리 중이다. 요리치료 현장에서 일어나는 희노애락의 에세이와 10년의 동반자인 임진선박사와 공동으로 엮어내는 요리치료 방법론이다. 지금도 나는 내가 가고자 하는 길이 험한 길임을 알고 있다. 그럼에도 이 길을 가고자 하는 것은 꼭 하고 싶은 일이기 때문이다.

5. 바른길을 가는 사람

그런 사람이고 싶다

2008년 3월에 고향인 대구의 지방신문에 〈권명숙의 요리 테라피〉 칼럼을 쓰게 되었다. 언론 상에서 내 이름을 건 칼럼을 싣게 된 건 대단한 영광이었다. 다른 매체도 아닌 공신도 높은 일간지에서 생소한 요리치료에 대한 칼럼을 싣게 되면서 일주일이 어찌나 빨리 다가오는지, 원고를 넘기는 마음은 언제나 떨림이었다.

요리치료가 관심을 받고 있는 것은 매체를 통한 오감(청각·시각·촉각·후각·미각) 자극으로 기존의 관념을 깨고 전환과 발상의 창의학습을 이끌 수 있기 때문이었다. 특히 아이가 직접 만든 요리를 맛보기는 오감만족의 감동과 기쁨을 느낄 수 있도록 하는 통합적인 치료교육의 장이라 할 수 있다.
자폐성장애의 특성상 거부감을 완화시키는 프로그
램으로 특히 주목받고 있다. 요리치료는 친숙한
식재료와 조리도구를 활용한 요리라는 매체를 이
용해, 미술·음악·놀이·작업·언어·학습·인지·행동 등
을 포함하는 통합적인 치료교육을 한다. 물론 다
양한 분야를 진행하기 위해서는 요리치료사의 역
량과 자질을 갖추고 있어야 한다.

특이한 치료분야로 요리치료가 알려지면서 방송
국, 주간지, 잡지, 신문 등 다양한 곳에서 취재와
인터뷰 의뢰가 들어왔다. 이러한 계기로 전보다
더 열심히 요리치료 홍보를 하였고 장애친구들이
있는 곳이라면 비용에 상관없이 어디든 달려갔다.
요리치료는 장애인 뿐 만아니라 일반인으로 확대
되어 갔다. 시간이 흐르면서 더 많은 사람들이 요
리치료를 알게 되었고 요리치료를 사업화하자는
제안이 많이 들어왔다. 주방용품 기업체 대표, 비
즈니스 컨설턴트, 조리사모임 간부. 해외 유학 프
로그램 운영자 등이 나에게 다양한 조건을 제시하
면서 찾아왔다. 하나 같이 '돈을 벌게 해주겠다,
동업해서 사업을 키워보자'는 제안이었다. 그들의

제안은 솔깃하면서 마음이 흔들렸던 게 사실이다.

그런 나에게 「돈은 한순간 있다가도 없어질 수 있다. 하지만 한 번 만들어진 요리치료는 절대 없어지지 않는다. 훗날 요리치료가 학문으로 남아있을 때 권명숙이 돈에 눈이 어두워 누구랑 손잡고 일했다는 말 안 듣게 신중히 생각해, 특히 장애아들에게 혜택을 주는 유익한 치료로 남기를 바란다는 말이지, 그래서 돈을 보지 말고, 돈을 쫓지 말고, 바른 길 갔으면 한다. 나는.」 남편의 말이다.

홍보가 될수록, 사람들이 나를 찾을수록 마음이 무거워진다. 남편의 말처럼 2018년, 나는 다시 시작하려고 마음을 다잡는다.

초심으로 돌아가자고!

6. 사람과 사람 사이

언제나 어렵다

내가 하고 있는 일에 대해서 깊은 대화를 나누고 싶다는 사람, 함께 해보자고 제안하는 사람의 전화와 메일을 많이 받는다. 대개는 참 끈질 지게 연락을 해댄다. 수차례 보낸 전화와 메일의 내용은 꼭 한 번 만나고 싶다고 요청한다. 나를 만나자고 제의하는 사람은 내가 쓴 책에 대한 이야기를 먼저 꺼낸다. 소장님이 쓰신 책을 잘 봤다, 정말 내용이 좋았다. '창의적인 생각이다.' 라고 말한다. 초창기 출판한 책은 방법적인 면과 기술적인 면에서 살펴보면 부족한 내용의 프로그램이다. 그럼에도 불구하고 대학교수, 발달 센터장, 기관장, 자영업자, 교육 사업가, 수입 주방용품 판매자, 기

획자 등 처음 만나는 나에게 자신의 소개는 단지 돈을 쫓아서 사람을 만나지는 않는다는, 그 동안 남부럽지 않게 돈을 벌만큼 벌었다는, 업체가 몇 개 있다는, 외국에서 교육 사업을 펼쳐 보자는, 교육용 동영상을 찍자는, 브랜딩해서 의미 있는 일에 전 인생을 걸어보고 싶다는. 6년 동안 이루어 놓은 일에 업그레이드시켜 줄 것이라는, 일일이 열거할 수 없을 만큼 다채로운 제안이었다. 그러면서 "소장님, 꼭 뵙고 싶었습니다." 라고 간곡히 말하는 사람이 있었다.

개척자의 외로움, 철저히 혼자이어야 했다.

2007년 요리치료를 시작 할 무렵에는 혼자라서 참 많이 외로웠다. 첫 번째 출판에서의 아픔은 트라우마가 되었다. 개척자, 새로운 분야의 길을 여는 사람으로서 낯선 길을 홀로 걸어가야 하는 쓸쓸함에 외로웠다. 스스로 생각하건데 지극히 별볼일 없는 내가 새로운 길에서 부딪혀야 하는 무서움과 불안감이었다.

내가 하는 일을 모르는 사람이라도 누군가가 손

을 잡아주겠다고 제의한다면 덥석 잡고 싶었다. 우리 아이들에게 도움이 되는 일이라면 아무래도 괜찮다고 생각했다. 요리치료를 알리기 위해 학교와 기관에 메일을 보내고 편지를 하루에 백통 넘게 날렸다. 그 작업도 혼자 했다. 그 결과로 장애인 부모회와 재활원에서 자원봉사를 하게 되었지만, 나의 오른쪽 어깨는 석회건 염으로 인해 통증이 왔다. 개척자 : 새로운 분야의 길을 여는 사람

동반자의 존재감
마음이 함께이어야 했다

일 년, 그리고 삼년, 사년, 해를 거듭할수록 요리치료의 인지도가 조금씩 올라갔다. 요리치료의 목적에 맞게 장애인이 있는 곳이라면 한번 쯤 호기심을 가지는 프로그램이 되었다. 나는 참 바빴다. 그리고 이 일이 좋았다. 바쁜 만큼 재미있었고 일에 대한 재미는 나를 흥분시켰다. 그러나 지방과는 달리 서울·경기권은 오고가는 시간 때문에 하루에 한 기관만 방문 할 수 있었다. 나는 현장에 설 수 있는 전문가가 부족하다는 것을 인식했다.

그래서 요리치료를 배우고 싶다는 이들의 교육도 병행하고 있었다. 내가 운영하는 한국요리치료연구소에서는 전문가를 양성하고 있었지만 대부분 요리를 좀 한다는 주부와 경력단절 여성이 찾아왔다. 장애인 요리치료는 장애의 특성에 따라 지도방법이 다르다. 요리는 누구나 할 수 있을지라도 활동과정에서 대상자의 특성과 수준에 맞게 프로그램을 계획하고 지도하는 방법이 얼마간의 교육으로 진행할 수 있는 차원이 아니었다. 난, 내가 하고 있는 요리치료에 대해 고민하고 연구할 수 있는 진정한 동반자가 절실했다. 동반자 : 뜻을 같이하여 길을 함께 가는 사람, 2008년에 나에게 와서 공부 한 임진선 선생님이 있다. 아파트 1층에서 교육을 했음에도 한 치의 의심도 없이 와 준 교육생이다. 아동학을 공부하고 장애어린이집에서 보육교사로 근무하면서 요리치료에 뜻을 둔 그녀가 나와 동고동락 한지가 햇수로 11년이다. 2013년, 평택@@장애인복지관에 요리치료실이 오픈했을 때 여름에는 에어컨도 없는 그 좁고 작은방에서 땀 흘렸던 시간도 있었다. 작은 치료실 구석에 쪼그리고 앉아 서로 수퍼비전을 봐 주는 일을 일

년을 했었다. 함께 한다는 것은 마음을 나누는 것이 아니라 마음을 보태는 일이라 생각한다. 함께 보태는 일.

임진선 선생님, 우리 10년 후에는 무엇을 함께 하고 있을까요?

내리고 싶은 무게감
어떤 상황도 대타[代打]는 없다

나를 만나고 싶어 하는 사람은 대부분 큰돈을 벌게 해주겠다는 말이나 계약서를 내밀며 도장부터 찍자고 한다. '교육이 돈이 될까? 사람을 만날 때마다 고민해 보는 부분이다. 나를 만나고자 하는 사람, 아니 요리치료에 관심이 있다고 말하는 이들은 요리치료의 비전과 전망을 언급하며 앞으로 많은 사람들에게 영향을 미칠 것이라는 확신을 한다고 말한다. 다른 치료분야처럼 아직 대중화가 안 된 게 문제라며, 나를 브랜딩하고 홍보하여 입지를 다지면 사업적으로 뭔가가 보인다나 어쨌다나 장황한 설명을 늘어놓는다. 그들은 보다 많은 사람들이 요리치료를 경험할 수 있도록 체계적으로 만들어보자고 제의를 한다. 그래서 홀딱 넘어갔다. 홀딱 넘어가고 싶었던 이유를 생각해 본다.

나는 요리치료가 너무 좋다. 이유도 없는 무조건적인 사랑이다. 내가 좋아하고, 내가 잘 할 수 있는 일이다. 장애인이 좋아하고 나를 기다린다. 내가 좋고 장애인이 좋아한다는 이유가 가장 크다. 나는 누군가에게 수고의 대가를 받고 장애인과 2004년부터 일을 시작했다. 1991년부터는 내 아이를 키우는 것부터 기억 한다면 꽤 오랜 세월을 장애분야에 발을 걸치고 있었던 셈이다. 2004년을 거슬러 그리고 2007년부터 혼자서 미개척분야를 만들어 가는 과정에서 지쳤다는 표현이 맞을 것이다. 누군가가 함께하고자 했을 때도 판단 할 수 있는 힘도 잃어 버렸다. 가장 중요한 것은 이 길을, 이 짐을 누군가가 대신 짊어지고 해주기를 바랐던 것일지도 모른다. 나 이만큼 조성했으니 나머지는 누가 만들어 주었으면 하는 편하고 싶다는 마음이 현실과 엉켜버렸다. 한번 엉킨 마음은 풀리기 어렵다는 것을 알았다. 누군가 이일을 대신

해 줄 수 없다는 것도 알았다. 대타는 반드시 댓가를 치워야 한다는 것도 알았다. 곧게 뻗은 대나무를 오르는 것처럼 마디마다 그만한 시련과 사연이 마디가 된다는 것도 알았다. 늦은 깨달음이 오늘에야 나를 초심으로 돌아가게 했다.

초심, 처음에는 요리가 장애인에게 너무 흥미로운 매체임을 현장에서 체험했기 때문에 마냥 좋았다. 한마디로 장애인과의 요리는 나도 신나는 일이 되었고 장애인도 신기한 일이었다. 투정을 부리거나 짜증을 내는 친구가 없을 정도로 신선한 활동이다. 현장에서 만나는 장애인은 그랬다. 나는 내가 개척한 길을 씩씩하게 걸어가고자 한다. 언제나 늘 그러하듯이 나의 열정에 내려앉은 무게감은 빈번히 주저앉게 한다. 내가 주저앉는 것은 다시 일어서기 위함임을 안다. 열정이 식은 것이 아니라 사람과 사람의 사이가 그러하였다. 난 아직 모른다. 너무 어리석게도. 대타 : 대신에 그 일을 하는 사람. 그런 사람은 없다. 스치는 자리도 나의 역사가 될 것이니 너무 두려워하거나 부끄러워하지 말자. 난 그럼에도 불구하고 참 괜찮은 사람이니까.

별책부록 : 눈 맞춤을 위한 전략

아이가 색연필을 달라고 할 때, 어른이 아이에게 물건을 전해 줄 때는 어른이 얼굴 또는 눈 옆에 건네주는 물건을 갖다 댄 후 아이의 이름을 불러서 아이와 순간, 찰라 라도 눈이 스치면 건네준다.

아이에게 어떤 상황을 설명하거나 지시할 때도 아이의 뒤통수에다 이야기 하지 말자.

눈 맞춤이나 얼굴 마주하기에 어려움이 있더라도 반드시 얼굴, 눈을 스칠 수 있도록 하고 정면을 마주 본다.

2장. 노는 것이 치유이다.

사랑이 꽃피는 요리치료

7. 밀가루 놀이

요리가 대세이다. sns, TV 프로그램에는 항상 요리가 등장한다. 요리가 등장하면 쉐프가 요리하는 모습을 보여주고 그 옆자리에 패널이 맛을 보면서 행복해 하는 장면이 주를 이룬다. 그야말로 먹방, 온통 먹을거리가 바보상자를 가득 채우고 있다. 그 요리에 치료, 치유, 힐링까지 업그레이드되어서 출간 책들도 넘쳐나고 있다. 나도 그 중의 한 사람이지만 내가 2007년에 요리치료를 시작할 즈음에는 이렇게까지 유명세를 떨치진 않았는데 방송의 힘을 민감하게 받아들이고 있다. 방송에서는 유명인과 쉐프가 출연해서 음식을 사이에 두고 맛을 즐기고 웃음을 나누고 즐겁게 이야기를 이어간다. 그들의 주고받는 대화를 잘 들어보면 음식을 통한 치유가 이루어진다. 각박한 사회와는 반대로 물질적으로는 풍요롭지만 점점 관계의 어려움과 내면의 상처는 늘어가고 있는 것 같아 안타깝다.

내가 처음 요리를 매개로 치료를 시도하는 하게 된 이유는 남다른 아픔이 있었기 때문이다. 자폐성향을 보이는 아들로 인해 소아정신과가 있다는 것도 알게 되었다. 대학병원의 소아정신과 간호사선생님은 가장 빠른 방법이 조기교육이라고 했다. 조기교육, 조기교육이 뭔지 몰랐다. 알고 보니 사설교육원은 오픈한 특수교육 전공자가 장애아동을 개별적으로 교육하는 것을 조기교육임을 알게 되었다. 1990년생이니까 1992년 그 당시는 지금처럼 치료센터, 발달센터, 발달교육원보다는 조기 교육실이라는 간판이 대부분이었다. 지금은 특수교육은 학교에서 이루어지고 사설치료기관은 언어치료, 놀이치료, 미술치료, 인지치료 등으로 세분화되어 있다. 길가다가 머리 들어 건물을 올려다보면 눈에 띄는 치료실이 많다. 아무튼 1992년 서울대병원에서 자폐성향을 보인다는 진단에도 나는 병원과 조기교육으로 나을 수 있을 것이라는 기대를 했으니까 너무 무지했고 무식했다.

요리치료라고 말하기 전에 요리는 나에게 일상이었다. 힘들고 바빠도 아이의 주식과 간식은 제 손으로 만들어 먹였다. 이유는 단 한가지이다. 식습관이 자폐성향에 영향을 주는 것은 아닐까 하는 걱정 때문이었고 가능하면 과자와 음료수는 먹이지 말고 직접 만들어서 먹이자. 장거리 여행에는 도시락을 만들었다. 요리치료는 아이의 말문을 열기 위해서 그 당시 특수교육 또는 조기교육이라는 명목 하에 이루어지는 온갖 방법을 다 동원해 본 경험의 결과로 생겨났다. 내 아이에게 살아 있는 것을 경험하게 하고 체험하게 하는 것만큼 좋은 것은 없다. 그리고 그것이 실제 생활과 연결되는 것이라면 무엇이든 도움이 된다는 것도 알았다. 그 결과 내가 장애아동과 함께 하는 치료사가 되었을 때, 아이들과 생활에서 함께 할 수 있는 것에 대해 많은 고민을 했다.

"밥을 먹으면서 몸이 튼튼해진다. 식사를 준비하면서 몸과 마음이 건강해지는 방법은 먹는 행위에만 치중하지 말고, 직접 준비하고, 만들고, 잘 차려내어 먹는 것까지 하면 더 좋겠어. 자기가 선택한 식재료를 손을 만지면서 느끼고 생각하고, 그 느낌과 생각을 말하게 하고, 스스로 참여하는 게 제일 중요하니까 참여할 수 있도록 동기를 부여하는 일과 요리를 만드는 과정에서 어떤 변화가 나타날 것이며 지속적으로 이루어진다면 효과가 나타날 거야." 실제, 아이들과 함께 요리활동을 해 보니 흥미로웠다. 내가 아이들을 대할 때 사용하는 언어와 행동이 정겨워졌다. 사투리를 사용하지만 또박또박 정확하게 전달하려고 노력하게 되고, 아이들도 서툴지만 자기의견을 적극적으로 표현하는 것으로 변했다. 아이들이 오고 싶은 요리활동, 아이들이 먼저 와서 기다리는 요리치료가 되었다. 나는 다양하고 많은 자격증을 보유하고 있다. 직접 장애아동을 치유하는데 사용하는 치료기법 중에서 톡톡히 효과를 본 게 요리치료다. 요리치료, 요리에 특수교육과 치료 분야, 게다가 상담을 접목하여 현장에서 오랜 시간동안 임상을 한 사람, 이를 생각하고 실천한 사람이 지구상에서 내가 최초이다. 하지만 아직도 내가하는 일은 요리하는 사람으로 바라보고 있는 것이 현실이다. 또한 음식을 먹으면서 치유하는 것으로 이해하는 사람이 많다. 특히 장애인과 함께 요리치료를 한다고 하면 이렇게 묻는다.

"우리 장애 애들이 무얼 먹으면 낫는데? 우리 애들이 어떤 요리를 먹으면 장애가 낫냐고? 우리 애들이 무슨 요리를 잘 할 수 있겠냐고? 우리 애들이 만들 수 있는 요리가 뭐냐고?" '그렇게 묻는 너는 무슨 요리를 잘 만드냐고, 네가 가진 지병은 있냐고 그 병을 고치기 위해 뭘 먹어 봤냐고.' 목구멍까지 올라오는 질문이다.

2013년 봄, 요리치료에 대한 소문을 듣고 같은 아파트 단지에 살고 있는 한 어머니가 찾아왔다. 어머니는 자폐성장애를 가진 초등학교 1학년 아들이 있었다. 이 이들 때문에 살아도 살아 있는 것이 아니라고 했다. 그 분야로 유명한 대학병원에 가서 치료를 해보았지만 뚜렷한 변화는 없다고 끝내 어머니는 내 앞에서 눈물을 보였다. 나는 가슴이 저려왔다. 내 앞에서 울고 있는 어머니는 예전의 내 모습이었다. "어머니, 장애는 교육과 치료를 꾸준하게 해야 하고 무엇보다도 가족이 마음을 모아야 합니다." "알아요, 알지만 내 마음대로 되지 않는 아이를 보면" 이름은 차은성(가명), 남자. 나이는 9살, 초등학교 1학년으로 장에로 인해 한 해 늦춤

다음 날 어머니가 아들을 데리고 왔다. 보는 순간 아들이 상황이 꽤 심각했다. 내가 먼저 아이에게 다가가 손을 내밀고 인사를 했다. 쳐다보지도 않을 뿐만 아니라 아무런 반응이 없다. 어머니가 답답한지 아이에게 선생님께 인사해야지 라고 말을 해도 아이는 안 들리는 것처럼 얼굴을 돌린 채 서 있었다. 이 아이의 시선은 불안했다. 익숙하지 않는 곳에서 낯선 사람과 만나고 있는 이 낯선 환경이 온 몸의 신경세포를 자극하여 날카롭거나 움츠리고 있음

을 알 수 있었다.

나는 그 친구와의 인사 나누기는 포기했다. 바로 치료수업을 진행했다. "우리 밀가루 놀이 해보자. 장난감보다도 그림 그리기보다도 더 재미있는 거야. 아침에도 먹었고, 점심에도 먹었고 저녁에도 먹을 수 있단다." 어머니는 한 시간 후 아이를 데리러 오기로 하고 돌아갔다. 나는 아이의 손을 잡고 식탁으로 갔다. 식탁 위에는 미리 준비해 둔 밀가루와 백련초가루, 호박가루, 녹차가루와 포도주스 등이 있다. 아이가 맞은 편 의자에 앉았다. 여전히 아이의 시선은 불안하였고 나와 눈 맞춤은 하지 않으나 이리저리 두리번거리면서 살피고 있었다. "선생님 눈 보세요. 선생님 얼굴 보세요. 눈, 얼굴, 이게 뭘까?" 나는 밀가루를 두 손 비비면서 은성을 쳐다보았다. 밀가루가 잔잔하게 날리다가 쌓였다가 흩어지기를 반복했다. 그 순간 은성과 눈이 마주쳤다.

"미미 … 미,,가,.."

"오호, 잘 알고 있네. 이제 보니 은성이가 밀가루놀이 하고 싶구나.

밀가루로 눈이 내리게 해 보자."

"누~~~~ 눈. 눈이, 눈이, 눈이 "

은성은 식탁 아래로 시선을 고정한 채로 '눈이' 단어를 반복했다 했다. 뚜렷하지 않는 발음, 의미 없는 단어, 혼잣말을 반복적으로 하거나 내가 한말을 앵무새처럼 따라 하고 있다. "그랬구나. 오늘은 선생님이랑 은성이랑 밀가루 놀이 하자. 밀가루로 눈도 오게 하고, 밀가루 반죽으로 자동차도 만들고, 공룡도 만들고, 하자." 짧고 간단한 언어로 상호작용을 이어갔다. 밀가루를 체에 얹어내려 보기도 하고, 밀가루에 물을 부어 반죽을 만들었다. 신기했나 보다. 은성은 체에서 내리는 가루를 손바닥 위로 받아보기도 하고 밀가루 반죽을 손가락으로 꾹꾹 눌러 보는 행동을 하였다. "은성아, 밀가루로 자동차 만들자. 빨간 자동차, 노란 자동차, 초록 자동차도 만들자. 빨간 자동차는 밀가루에 빨간색가루를 넣으면 빨간색이 된다. 빨간 밀가루 반죽으로 자동차를 만드는 거지. 은성이는 어떤 색깔 자동차를 만들고 싶나? 은성이가 좋아하는 색깔이 뭐더라?"

표정이 없던 은성이가 무언가를 이야기 하려는 것처럼 입모양이 자꾸 이글어지면서 움직인다. 자폐성 장애의 특성 상 몸에 묻는 것, 만지는 것을 굉장히 싫어한다. 특히 자발적으로 제 손으로 밀가루를 만지거나 질척한 느낌의 반죽을 만진다는 것은 상상할 수도 없는 일이다. 오히려 자폐성장애 아동에게는 밀가루의 특성으로 놀이에 대한 역효과가 생길 수 있다. 그러므로 장애의 특성과 연령에 따라서 놀이에 대한 기존의 틀에서 다양한 변화 요소를 첨가하여 흥미를 가질 수 있도록 해야 한다. 은성이가 밀가루 반죽으로 자동차를 한 대 만들었다. 자동차 만들기에 집중 한 탓인지 갈증을 느꼈다고 생각했다. 자동차를 손에 들고 다른 한 손으로 그릇에 담겨 있는 포도 한 알을 집게손가락으로 잡았기 때문이다. 은성이는 포도를 잡은 채 유심히 살펴보더니 손가락으로 꾹 눌렀다. 손가락 사이로 보라색의 포도즙이 묻어났다. 은성이가 손에 묻은 포도즙을 코로 킁킁 냄새를 맡아보더니 밀가루 반죽 위에 문질러고 꾹꾹 눌렀다. 자폐성장애는 냄새에도 민감하게 반응한다.

"우리 은성이가 멋진 보라색 자동차가 만들고 싶었구나."

"흐흐흐"

은성이가 흰 치아를 보이며 크게 소리 내어 웃었다. 은성이의 눈이 내 얼굴을 마주치는 시간이 많아졌다. 한 시간 동안 밀가루 놀이로 보낸 시간은 은성이가 나를 친근하게 대해 주었다. 나와 함께 놀아주는 사람 그리고 해롭게 하지 않을 사람임을 인지한 것 같았다. 밀가루는 쉽게 구할 수 있는 식재료이다. 그러나 집에서 놀이재료로 사용하기는 거부감이 드는 식재료이다. 쉽게 구할 수 있지만 거부감이 드는 밀가루는 자폐성장애를 가진 유·아동에게는 친근하기 때문에 거부감이 없다. 무리가 매일 한 끼 정도는 밀가루로 만든 음식을 먹을 정도이므로 흥미와 호기심을 자극하여 교육의 도구로서 충분하다. 더구나 밀가루 가격도 부담스럽지 않다. 다만 밀가루 놀이 후 청소하기가 부담스럽다. 아이들 위해서라면 이정도의 수고로움은 감당할 수 있어야 한다고 생각한다.

8. 소원이의 김밥

우리 사회도 피부색이 다른 외국인을 흔하게 볼 수 있게 되었다. 외국인이 한국인과 결혼을 하여 이 땅에서 뿌리를 내리고 자식을 낳고 생활하는 다문화 가정이 상당히 많이 생기고 있다. 우리나라 사람이 미국에 이민을 많이 간 적이 있다. 그때는 한국인이 미국인으로부터 차별을 받지 않고 동등한 국민으로 대우받기를 원했던 시절이 있었다. 이처럼 우리 사회에 편입해 뿌리를 내리고 살아가는 다문화가정을 애정 있게 바라보아야 한다. 다문화가정에서 태어난 아이들이 선입견과 편견 없이 동등하게 존중받아야 할 것이다. 나에게 의뢰 온 수업이 다문화가정 자녀, 그리고 장애를 가지고 있다면, 이들을 대상으로 어떤 활동을 해야 하는지 생각해 보았다.

2008년, 다문화이해 교육 강사 양성과정에서 받은 자료를 찾았다. 그 당시 무엇을 배웠는지 살펴보았다. 다문화가정의 가장 큰 문제는 자유롭지 못한 언어 때문에 대화단절과 문화적 차이로 가치관과 생활에서 오는 불편함이다. 자녀양육에 있어서는 문화적인 차이와 언어로 인하여 장애 아닌 장애로 어려움을 겪고 있다는 자료를 찾을 수 있었다.

필리핀 엄마는 고국에 보낼 돈을 벌기 위해 아빠와 결혼을 했다. 새 엄마와 아빠는 나이 차이가 20년이다. 엄마와 아빠는 서로 자기 나라 말만 할 수 있다. 언어불통이므로 대화단절이다. 필리핀 엄마는 한국남자와 결혼하면서 새로운 직장을 얻게 되었다. 이른 아침에 출근하고 늦은 시간에 퇴근한다. 아이가 초등학생이 되면서 새 엄마는 아이에게 1000원짜리 김밥으로 아침상에 올려놓고 출근을 한다. "아이가 도통 김밥을 먹으려고 하지 않아요." 수화기에서 필리핀 엄마의 서툰 한국말이 들려왔다. 김밥 재료 중에 싫어하는 재료가 있느냐, 먹으면 알러지 반응을 보이는 게 있느냐, 김밥을 싫어하는 이유가 무엇인지 짐작이 가는가에 대해 물어 보았다. 필리핀 엄마는 절대 그럴리가 없다고 했다. '김밥 싫어하면 먹이지 마세요.' 했다. 그러자 필리핀 엄마는 제발 아이가 김밥을 잘 먹게 해달라고 부탁을 했다.

필리핀 엄마의 부탁은 아이가 김밥에 대한 거부반응 없이 잘 먹어 주었으면 하는 바램 뿐이었다. '엄마가 사다 준 김밥을 잘 먹어야 한다. 그런데 김밥을 거부한다.' 나는 이 친구가 김밥을 싫어하는 이유는 심리적인 것이라 생각했다. 필리핀 엄마는 결혼생활과 가정생활보다는 직장생활이 우선이었다. 아침 일찍 김밥 한 줄 올려놓고 돈 벌러 나가는 모습이 상상이 간다. 새 엄마가 자녀에게 따뜻한 밥 한 그릇을 직접 차려주지 못한 데서 오는 애정 결핍으로 보였다.

나를 찾아온 소원과 마주 앉아 이야기를 나누었다. 나는 소원이가 보는 앞에서 미리 준비한 식재료로 김밥을 만들었다. 나는 김밥을 말고 소원은 김밥재료를 하나씩 집어 주었다. 김밥을 만들면서 대화를 많이 나누었다. 역시나 김밥 자체에 대한 거부감은 없었다. 소원은 "김밥 던져 주고 가는 새엄마가 싫어요." 속마음을 털어놓았다. 시간이 지나면서 김밥에 들어가는 재료의 이름을 이야기하고, 줄줄이 줄을 세워서 속을 넣고 작은 두 손으로 돌돌 말아서 먹기 좋게 썰었다. 아이의 얼굴이 빨갛게 흥분되기 시작했다. 내가 만든 김밥을 함께 먹어보자고 했는데 소원이 얼굴에 웃음이 사라졌다. 김밥을 만들 때 신기해하고 재미있어 하던 모습은 없고 다시 예전으로 돌아간 듯 했다. 먹기 싫으면 안 먹어도 된다고 안심을 시켰다. 김밥을 호일에 포장하여 가방에 넣어 주었다. '엄마 오시면 드려' 엄마가 퇴근하고 집으로 오면 함께 먹으라고 했더니 소원이의 입가에 미소가 보였다. 엄마에게 자랑하고 싶었던 것 같았다.

다음 날 필리핀 엄마로부터 전화를 받았다. 엄마의 첫마디는 "고맙습니다, 고맙습니다." 이었다. 엄마의 말에 따르면 저녁에 집에 돌아가 보니, 아이가 자기가 만든 김밥이라고 자랑을 하면서 함께 먹자고 했다는 것이다. 그래서 엄마는 아이와 함께 김밥을 맛있게 먹었다고 했다. 나는 어머니에게 김밥 상차림에 관한 팁을 알려 주었다. 김밥 가게에서 김밥을 사 오더라도 검정 비닐을 아이에게 던져 주지 말라고 했다. 접시나 도시락에 담아서 식탁 위에 두고 출근하라고 전했다. 소원은 엄마의 사랑이 필요한 것이라고 강조했다. 내 말을 듣고 엄마는 가게에서 구입한 김밥을 접시에 담아서 차려 주었다고 했다. 소원이가 차려진 식탁을 보고 김밥 하나를 집어서 맛있게 먹었다는 것이다. 소원은 엄마의 관심과 사랑이 필요했다. 소원이의 김밥은 바로 사랑이었다.

9. 다양한 샌드위치

"안녕하세요. 저희 재단은 다문화가정의 아이들을 대상으로 다양한 프로그램을 진행하고 있습니다. 권 선생님이 저희 재단에 오셔서 요리치료를 진행 해 주실 수 있습니까?"

2013년 ***복지재단에서 강의 요청이 왔다. 장애인은 물론, 다양한 연령의 일반인을 대상으로 요리치료를 진행 해 왔지만 다문화가정의 자녀를 대상으로 진행해 줄 것을 요구하였다. 다문화가정에서 태어난 장애자녀와 그 형제·자매가 참석하는 것은 참 특이한 케이스이다.

그때 일이 떠올라, 이번에 다문화 장애아동과 비장애 형제자매를 대상으로 하는 요리치료를 프로그램에 대해 이것저것 생각을 했다. 치료에 대한 거부감이 없도록 활동주제를 요리로 하는 놀이로 정했다. 그들의 특성만큼이나 다양한 샌드위치를 만들기로 결정했다. 식재료와 조리도구를 활용한 놀이 활용과 인지수준을 파악 할 수 있다.

나는 *** 복지재단 교육실에서 이십여 명의 다문화 아이들 앞에 섰다. 내 뒤의 칠판 플랜카드에는 〈다문화 장애아동과 비장애 형제자매를 위한 신나는 요리놀이〉가 적혀 있었다. 탁자 위에는 활동에 필요한 식재료와 조리도구가 놓여있다. 식빵, 햄, 치즈, 오이, 참치, 피클, 양파, 사과와 소스는 마요네즈, 버터, 머스터드. 그 옆에는 샌드위치 케이스와 빵 칼이 있었다. 다문화가정의 자녀들의 다양한 샌드위치 만들기 활동목표는 '첫째, 즐겁게 하자. 둘째, 직접 만들게 하자, 셋째, 눈 맞춤을 자주 하자. 넷째, 끝까지 완성하게 하자' 이다.

나는 식재료와 조리도구 하나하나를 들어 일일이 무엇인지 물어보고 설명해 주었다. "친구들 선생님 손에 들고 있는 것이 뭔지 아세요?

그래요, 칼이죠. 근데 이건 빵만 자르는 칼이기 때문에 빵 칼이라고 해요. 빵 칼은 도마 옆에 두어야 하고 재료를 썰 때만 사용합니다." 안전에 대해 강조를 하면서 빵 칼 잡는 법을 자세하게 설명 해 주었다. 다행히 장애아들은 신체적인 어려움이 있는 아이, 정서적으로 불안한 아이, 행동조절 능력이 부족한 아이들이었다. 비장애 형제자매가 함께 하는 활동이라 옆자리에서 통제 가능했고 언어전달이 수월했다. 잘 알아듣고 따라주었다. 비장애형제가 함께 하는 프로그램은 장애아동에게 포커스가 맞춰지지 않는다. 비장애 형제 위주로 진행되며 그들에게 장애형제를 어떻게 케어 하는지 지도하는 것에 중점을 둔다.

제일 먼저, 식빵 가장자리를 자르게 했다. 그리고 나서 오이를 얇게 썬 후 그 위에 소금을 뿌리게 했다. 그런 후 피클과 양파를 다지게 했다. "이번에는 참치샐러드를 만들어요. 앞에 친구들이 썰어놓은 피클, 양파를 기름기 뺀 참치와 골고루 섞어보세요." 나는 단계적으로 아이들에게 설명했다. 먼저 "참치 두 숟가락을 담아요." 말했다. 이때 주의해야 할 게 있다. 아이들은 한 숟가락이라는 양을 가늠하지 못하기 때문에 내가 시범을 보여주어야 한다. 한 숟가락 가득 담은 모습을 보야 준 후, "가득한 숟가락"이라고 말해주어야 한다. "다진 피클을 한 숟가락을 담아요.", "다진 양파를 한 숟가락 담아요.", "마요네즈 두 숟가락을 담아요.", "재료를 골고루 섞어요." 하고 말했다. 아이들은 서툴지만 호기심을 가득 채우면서 빠뜨리지 않고 잘 따라주었다. 드디어 참치소스가 완성되었다. 교육실에 참치소스 냄새가 가득했다. 아이들의 얼굴에는 즐거움과 행복함이 가득했다.

샌드위치 만들기의 하일라이트가 진행되기에 이르렀다. 식빵 위에 재료를 올려는 순서이다. 나의 설명을 듣고 집중해야지 지시에 잘 따를 수 있다. 식빵-햄·치즈- 식빵-오이· 참치 샐러드-식빵-사과-식빵으로 순서대로 올리도록 설명했다.

참치샐러드와 사과샐러드가 들어 간 다양한 식재료가 들어간 4층 샌드위치가 완성되었다.

사선으로 잘라서 플라스틱 케이스에 담으니 그
야말로 유명제과점에서 판매되는 샌드위치가
부럽지 않았다. 고소하고 달콤새콤한 샌드위치
는 오감을 자극하고 마음을 움직이기에 충분했
다.

다양한 샌드위치 만들기는 다문화 아이들에
게 세 가지 효과를 나타냈다. 첫째, 사회적으
로는 친숙한 활동으로 불안감과 긴장을 해소하
여 치료사와 대상자 간의 교감을 형성할 수 있
다. 둘째, 신체적으로는 대·소근육의 발달과 신
체 협응력으로 발달수준과 운동능력을 파악할
수 있다. 셋째, 정서적으로는 쉬운 과제를 활
동함으로써 자신감과 성취감을 느끼고 안정감
을 얻을 수 있었다.

다문화가정은 우리가 경험하는 식재료와 조
리도구 만큼이나 다양하다. 다양한 식재료와
조리도구의 쓰임에 따라 활용의 방법이 다르지
만, 우리는 늘 사용하던 방식을 고집하고 있
다. 나는 현장에서 만나는 대상자, 주어지는
환경, 그들의 요구에 따라 언제든지 변화가 가
능해야 하고 상황에 맞는 대처가 가능한 전문

가이어야 했다. 그리고 그러한 전문가가 절실
함을 매 순간 느낀다.

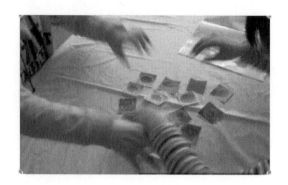

10. 죽어도 안 먹어

자폐성장애 아동

식재료를 가지고 요리를 만들면서 자주 만나게 되는 상황은 장애자녀를 둔 엄마들의 마음의 소리를 듣는 일이다.

무엇이 문제인지는 모르겠지만 엄마가 만들어 준 요리를 잘 먹지 않는 자녀가 많다는 것이다. 이 아이들은 생활에서 생긴 식습관으로 특정 음식에만 집착하고 다른 식재료가 들어간 요리는 절대 입에 대지 않으려고 한다. 장애자녀의 생활 습관은 하루 일과에서 살펴볼 수 있다. 유치원, 어린이집에서 하원하면 곧바로 치료실을 방문하게 된다. 아침식사는 바쁘게 치를 것이고 점심식사는 어린이집이나 유치원에서 먹는다. 그리고 바로 간식을 먹으며 치료실을 거쳐 늦은 오후 즈음에 귀가할 것이다. 우리 아이들의 생활이 바쁘게 돌아간다는 의미이다. 또한 장애의 특성 상 식재료의 색깔과 냄새, 질감에 민감하므로 먹는 것보다 먹지 않은 음식이 더 많다. '죽어도 안 먹어!' 손으로 입을 틀어막고 안 먹으려고 떼를 쓴다.

"선생님, 우리 아이가 밥을 안 먹어요. 매일 콜라와 사탕을 입에 물고 살아요. 아이가 다른 아이보다 체중이 덜 나가는데 이러다가 큰 병이라도 걸리지 않을지 모르겠어요. 무엇이든 가리지 않고 골고루 먹을 수 있으면 좋겠어요."

편식 아동의 엄마의 고민은 자녀가 투정 없이 가족과 식탁에 둘러 앉아 골고루 잘 먹는 것이다. 또한 엄마를 대신해서 누군가가 밥을 먹여 주기를 기대한다. 하아이가 편식은 자녀의 까다로운 식성과 성향 탓으로 돌리기 전에 부모의 역할과 책임에 대해 먼저 생각해 보아야 한다.

치료실에서 개별교육을 마치고 부모와 자녀

가 소통하는 모습을 살펴보면 자녀의 편식이
부모의 영향이 아닌가 하는 생각을 하게 된다.
40여분 동안 아동의 치료수업을 마치면 대부
분 어머니가 아이를 맞이하게 된다. 개별교육
실에서 교육이 조금은 엄격한 환경에서 이루어
진다면, 교육실 밖에서 어머니를 보자마자 엄
격함이 무너지는 순간을 보게 된다. 아이의 투
정과 짜증을 보게 되고 심지어는 문제행동이
나타나고 자지러지게 울기도 한다. 이러한 상
황에서 어머니의 태도는 아이를 달래는 것이
우선이므로 물질적인 공세를 펼친다. 그 물질
적인 공세가 과자, 초콜릿, 탄산음료, 아이스크
림 등을 주는 것이다. 인스 턴드 식품은 영유
아기에 올바른 식습관을 형성하는데 유익하지
못하는 것을 알면서도 자녀의 지속적인 문제를
잠재우기 위해 제공된다. 어릴 때부터 자극적
인 것이 입맛이 길들여지면 과일류, 채소류,
생선 류를 싫어하는 성향을 보인다. 이러한 편
식은 성장기의 아동에게 신체적, 영양적, 정신
적인 불균형으로 매우 심각한 결과를 초래한
다.

편식 없이 골고루 잘 먹기를 바라는 부모의 마음은 똑같다. 유아들의 올바른 식습관 교육을 위해 과일과 채소를 넣은 식빵피자를 만들기로 했다. 아이들이 채소의 질감을 느껴보면서 직접 썰어 보기로 했다.

내가 교육실에서 마주한 유아들은 머리 수건과 앞치마를 앙증맞게 하고 있었다. 입실 전에 손을 씻고 들어 왔지만 위생개념에는 별 소용이 없어 보인다. 위생뿐 만 아니라 먹을거리에 대한 호기심과 흥미도 없는 듯 한 표정이었다. 그 중에서 지웅이는 치즈를 만지작거리고 냄새 맡고,도 만져보고 냄새 맡는 행동을 반복하고 있었다. 나는 말없이 가위를 들고 치즈의 봉지를 달라서 접시에 치즈를 담았다. 접시에 담긴 치즈를 그대로 두고 지웅이 행동을 유심히 관찰하였다. 지웅이는 봉지를 만지작거릴 때와는 달리 치즈를 보자 기겁을 하는 듯했다. 아예 고래를 돌린 쳐다보지도 않았다. '시러, 안 먹어' 시러 시러!'(싫어 안 먹어 싫어 싫어)

어눌한 소리로 시러(싫어)를 연발하는 아이들 앞에서 나는 식재료를 손바닥에 올려놓고 보여주었다. 손바닥에 올려 진 재료를 누가 나와서 접시에 옮겨 담도록 유도하였다. 예상 밖의 반응이 나타났다. 아이들이 서로 접시에 담겠다고 움직이는 행복한 소동이 일어났기 때문이다. 준비한 식재료는 한정적이고 옮기고 싶은 아이들이 많으면 과일과 채소를 더 작게 나눈다거나, 두 명 또는 세 명이 조를 이루어 활동하게 한다. 한 아이는 접시를 들고, 한 아이는 손바닥의 과일을 접시에 옮기고, 다른 한 아이는 과일이 담긴 접시를 받아서 테이블 위에 다시 올리는 작업을 하게 한다. 편식아동을 위한 요리치료의 목적은 식재료와 친해지기 위한 것이므로 이 모습은 대성공이었다.

아이들이 나의 지시에 따라 착착 활동을 이어갔다. 시간이 흐르니 아이들이 작품이 완성이 된다. 오븐 속에 들어 있는 식빵 위에는 그토록 싫어하던 과일과 채소가 섞여 있다. 옥수수 콘, 피망, 양파 등이 치즈와 더불어 옆으로 흘려 나왔다. 아이들의 눈은 오븐에 머물고, 입은 벌써 군침이 든 듯 헤벌쭉 벌어져 흐뭇한 표정이다.

편식아동과의 요리치료는 특별히 유의 할 점이 있다. 아동에게 식재료를 보여주고 이름을 알려준다. 실물을 만져보고 냄새도 맡아보게 한다. 과일과 채소를 가로로 잘라보고, 다시 세로로 잘라서 단면을 보여준다. 정해 놓은 규칙보다는 자유로움 속에서 아이가 호기심을 가지고 하고 싶어 하는 대로 할 수 있게 한다. 준비 된 재료를 만지고 자르고 썰어 보는 과정에서 나타는 반응에 적극적인 자극을 주어야 한다. 언어적이든, 비언어적이든 아이들과 긍정적인 상호작용을 위해서 부정적인 표현과 지시는 하지 말아야 한다.

"피자 좋아하지? 그렇지만 오늘은 네가 싫어하는 재료 다 넣어서 피자 만들 거야.", "네가 싫어하는 가지, 오이, 호박을 다 넣어서 할 거야.", "골라 내지 말고 먹어야 돼.", "이렇게 썰어라", "잘 썰어라", "흘리지 마라" 등의 부정적인 지시와 설명은 아이에게 부정적인 감정과 거부반응을 가져 온다. 오븐에 나온 식빵피자를 본 아이들의 반응이 궁금해졌다. 자신이 직접 만든 피자 먹을 것인가, 안 먹을 것인가에 대해 온 신경이 집중되었다.

"난 안 먹는단 말에요. 죽어도 안 먹어요. 제발 먹이지 마요."

아이의 두 눈에서 눈물이 떨어졌다. 순식간에 분위기가 썰렁해졌다. 나는 먹이지 말라고 눈물을 보이는 친구를 모른 척 했다. 다른 친구들에게 '먹고 싶은 친구는 접시를 자기 앞으로 당겨서 포크 잡고 먹으면 된다. 이렇게' 말하면서 내 접시를 당겨 포크를 들고 먹는 모습을 보여 주었다.아이들이 접시를 자기 앞으로 당겼다 그리고 포크로 식빵위에 올려 진 과일과 채소 조각을 찍어 입에 넣어 오물거리면서 먹기 시작하였다.

안 먹겠다고 버티는 아이에게는 모른 척 해 주었다, 맛있게 잘 먹는 친구는 한 입씩 오물거릴 때 마다 '버섯을 잘 먹는구나, 빨간 파프리카를 먹었네.' 라고 아이의 이름을 부르고 맛있게 먹은 재료를 구체적으로 명명하면서 폭풍칭찬을 해 주었다. 아이들은 의기양양해 졌고, 소극적인 친구도 덩달아 적극적인 행동을 보였다.

안 먹겠다고 버티던 아이가 내 주변에서 빙빙 돌고 있었다. 그 행동에도 모른 척 했다. 친구들의 맛있게 먹는 모습과 선생님의 칭찬이 부러운 눈치였다. 천천히 피자접시를 자기 앞으로 당겼다. 그 모습을 봄 나는 또 모른척했다. 그 아이가 피자조각을 입에 넣어서 삼킬 때까지 모른 척 하기로 다짐했기 때문이다. 아이의 바람직한 행동에 대한 중간에 애매한 관심(중간 개입)은 오히려 하던 행동도 멈추게 할 가능성이 높기 때문이다.

아이는 천천히 피자 식빵을 집어서 입에 가져다 갔다. 그리곤 오물오물 씹으면서 말했다.

"나 먹어, 머거 이거 먹어어."

아이의 소리가 점점 커졌을 때 눈을 맞추고 태풍 칭찬을 아낌없이 해 주었다.

'민이가 피자를 먹었다. 민이가 버섯도 먹었다. 민이가 빨강 파프리카도 먹었다'

나는 칭찬과 함께 박수를 힘껏 쳐 주었다.

편식 자녀를 둔 부모님의 공통점은 아이의 편식을 기정사실화하여 단점 있는 아이로 만든다. 이것은 아이 스스로 나는 문제 있는 아이로 느끼도록 낙인을 찍게 된다. 어른은 아이의 단점보다는 장점을 찾아 칭찬과 격려를 해야 한다. 열 번의 지적보다는 한 번의 칭찬이 변화를 이끌어 낸다는 점을 잊지 말아야 한다.

11. 이렇게 공부하고 싶어

학습부진 아동

'서울시교육청 2014년도 학습부진 실태 및 요인 검사 계획'에 따르면 학습능력이 떨어져 정서·심리 검사와 학습정보처리능력 검사가 필요한 학생이 5만 명으로 10명 중 1명 (9.2%)이 학습부진 학생인 셈이다. '서울 학생 5만 명이 '학습부진아' 사교육의 메카인 서울에서 학교 수업을 따라가지 못하는 학습부진 학생의 수가 이 정도라니 놀라지 않을 수 없었다. 학습부진은 정해진 학교의 정규 수업을 따라가지 못하는 것을 말한다. 그 아이들의 잠재력과 소질, 더 나아가 장래까지 수준 미달은 아니라고 본다. 우리가 잘 아는 처칠이나 에디

슨, 알버트 아인슈타인, 피카소는 인류사에서 획기적인 업적을 남겼다. 그런데 이들은 어릴 때 학습부진아 소리를 들었다는 것을 살펴볼 수 있다. 알버트 아인슈타인은 "시험을 보기 위해서 억지로 외워야 했다. 이러한 강제성은 부정적인 결과를 가져온다. 최종 시험을 마친 후 나는 거의 1년 동안 과학책을 한 번도 쳐다보지 않았다." 아인슈타인에 따르면 억지 주입식 교육으로 인해 자신이 학습 부진아가 됐다고 한다. 이 말은 아인슈타인 살았던 독일 교육계에만 해당하는 게 아니다. 경쟁을 강요하는 주입식 교육으로 대변되는 우리나라 교육에도 해당된다.

우리는 학습부진아에 대한 관점을 새롭게 할 필요가 있다고 본다. 세계 최고의 교육 강국 핀란드는 협동과 자발성을 중심함으로써 학교 간 학력차를 5%미만으로 끌어내렸다. 핀란드는 학습 부진아를 '남과 배우는 시기와 속도, 방법이 다른 학생'으로 보며 학습 능력이 떨어진 걸로 보지 않는다. 우리나라의 경우, 학습부진아는 '지능은 높지만 각 교과가 요구하는 최소한의 학업성취 수준에 미달되는 자'로 본다. 학습부진아가 생기는 원인은 공부에 적성이 맞지 않거나, 집중력이 떨어지거나, 한 부모나 다문화, 조손 가정 등과 같이 가정환경이 좋지 않거나, 과거에 공부를 너무 하지 않았다거나, 건강상태가 나쁘거나 하는 등의 환경적, 문화적, 경제적인 문제로 인해 나타나고 있었다.

2011년, M 초등학교 선생님은 "권 선생님의 요리치료가 아이들의 호응이 좋다고 들었습니다. 우리 학교 학습부진아 학급에서 요리를 통한 학습향상 프로그램을 해 주실 수 있습니까? 아이들이 다른 어떤 수업에도 흥미가 없어요. 아이들이 학교에서 나머지 공부를 한다는 자체를 싫어하고 부끄럽게 생각하는군요."고 하셨다. 방과 후 학교 강사로 학습부진아동과 만났다. 아이들의 연령과 수준을 고려해 학습에 대한 흥미를 가질 수 있도록 프로그램을 계획하였다. 이들의 학습부진은 대개는 환경과 경험의 부재에서 오는 경우가 많다. 환경과 경험의 부재는 경제적인 면과도 연결되므로 풍족하게 먹을거리를 준비해야 한다. 첫 회기는 흥미와 호기심을 자극하여 참석률을 높여야 한다. 또한 학습동기를 자극하여야 한다. 그래서 궁중떡볶이로 정했다. 초등학생이 좋아하는 고추장떡볶이는 흔하게 만들고 먹을 수 있지만 궁중떡볶이는 이들의 흥미를 자극할 만큼 색다른 활동이었다.

초등학교 5학년 학습부진아동 20여 명과 만났다. 프로그램 실에 모인 집단의 특성상 아이들은 서로서로 얼굴 보기가 부끄럽다는 모습이었다. 그나마 요리하러 오라고 하였으니 약간의 기대감을 가지고 온 듯하였다. 요리강사가 와서 맛있는 거 만들어서 먹게 해 줄 것이라고 생각하는 듯했다.

하나 둘씩 모이는데 시간이 걸렸다. 지각생이 많아지면서 아이들의 얼굴에는 귀찮다는 표정이 역력하게 나타났다. 여학생이 16명, 남학생이 4명이다. 그래서 활동목표는 협동과 분업 속에서 이루어지는 기초 학습개념을 이끌어내기 위해서 팀을 구성했다. "오늘의 요리활동은 궁중떡볶이 만들어요. 그래서 여학생 4명에 남학생 1명이 한 팀을 이루어서 활동합니다." 나의 설명이 끝나도 아이들은 시큰둥한 반응을 보였다. 나는 스스로 팀을 구성할 수 없는 아이들에게 다가가 이름을 호명하여 팀을 구성해 주고 팀끼리 책상에 앉으라고 했다. 그러자 "이대로 자리에 앉아 있으면 안돼요." "난 혼자하고 싶은데 어떡해요?" "선생님, 이 남학생 우리가 찜했는데 저쪽 팀에서 자꾸 데려가려고 해요." 여기저기서 자기의견을 말하는 학생이 나오기 시작했다. 한동안 교실은 요란 법석하였지만, 자신의 의견을 표현을 한다는 것은 긍정적인 반응이다. 한쪽 구석에 조용히 앉아있던 남학생이 "난 아무도 안 끼워 줘요." 그 순간 아이들의 웃음소리가 자지러졌다. "멋있는 친구, 자네가 왜 혼자 남았는가. 친구는 저기 반짝팀에 들어가야 하거덩요. 이 친구를 모셔 갈 반짝팀은 두 손을 번쩍 들고 소리 질러 주세요." 여기저기서 소리 지르고 책상을 두들기고 난리 법석을 피웠다. 혼자 떨어져서 자기 팀을 못 찾은 남학생은 환호 속에 반짝팀의 일원으로 소속을 찾았다.

"이 사진이 뭐지?"

"떡볶이요. 떡볶이는 떡볶이인데 왜 하얘요?"

"빨간 떡볶이는요?"

"이건 궁중 떡볶이라고 하는 거예요. 친구들이 집에 가다가 분식집에서 사 먹던 빨간 떡볶이와 색깔이 다르지. 이 요리는 옛날에 궁궐에서 왕자와 공주들의 간식과 임금님의 수라상에 올랐던 거예요. 정말 귀한 음식이죠? 이 요리는 매운 맛을 내는 고추장을 쓰지 않아요. 그래서 지금 보는 것처럼 전혀 붉은 색이 없어요. 그러면 이제 임금님과 왕자님 공주님들만 맛볼 수 있었던 궁중떡볶이는 어떤 맛이 나는지 우리가 직접 만들어서 먹어볼까요?"

제일 먼저 해야 되는 것은 완성 된 요리 사진을 보여주며 호기심을 높이고 흥미를 이끌어 내는 일이다. 나는 팀 별로 가래떡, 소고기, 표고버섯, 호박, 당근, 양파 등의 식재료를 나누어 놓고 가지고 가도록 하였다. 식재료를 씻는 방법을 알려 주었다. 식재료에 따라 다양한 썰기 방법을 시연을 한 후 모방하여 따라 썰어 보도록 하였다.

"친구들이 보고 있는 것과 같이 얇으면서도 길고 가늘게 써는 게 채썰기에요" 라고 설명했다. 아이들은 재료를 만지작거리면서 흥미를 가졌다.

그 다음엔 딱딱한 가래떡과 부드러운 가래떡을 나눠주고 오감으로 표현하게 했다. 딱딱한 가래떡은요 딱딱해요, 까칠해요, 굳어요, 힘들어요, 맛없어요, 먹을 수 없어요, 부러져요. 때리면 아파요. 부드러운 가래떡은요 말랑말랑해요, 부드러워요, 손에 붙어요, 입에 붙어요, 맛있어요, 고소해요, 흐느적거려요. 찐덕 찐덕해요. 길게길게 늘어져요. 아이들의 입에서 나오는 표현은 다양했다.

"선생님 보세요. 모양과 크기가 비슷하게 자르려면 가래떡을 도마 위에 올리세요. 그리고 떡의 가운데를 잘라요. 자! 보세요. 한 개가 두 개가 되고 이 두 개는 길이가 비슷하지요. 친구들도 길이가 비슷하도록 떡의 가운데를 썰어 보세요."

가래떡을 모양과 크기가 비슷하게 잘라보는 활동에서 아이들은 나의 지시에 장 따라 주었다. 가래떡을 썰고, 채소를 썰고, 쇠고기와 표고버섯은 양념으로 밑간을 하고, 가래떡은 끓는 물에 살짝 데친 후 유장에 버무렸다. 마지막으로 팬에 식용유를 두르고, 쇠고기와 표고버섯·당근·호박·양파·가래떡 순으로 볶다가 마지막 양념을 넣었다. 시간이 지나니 아이들이 솜씨는 결과물을 만들어냈다. 궁중 떡볶이가 완성이 되었다. 서로 사이좋게 주거니 받거니 덜어주고 나누어 주는 모습에서 오늘의 활동목표는 무난히 달성했다.

마지막 과제로 아이들에게 활동지를 나누어 주었다. 빨간 떡볶이와 궁중 떡볶이를 비교해 보고 오감각 -시각, 청각, 후각, 미각, 촉각-으로 글을 쓰게 했다. 평소 같으면 공부를 시킨다고 싫다고 거부할 아이들이 순순히 잘 따랐다. 아이들은 집중해 생각하기도 하고 서로 의논하기도 하면서 하연 활동지를 채워 갔다. 오감을 활동한 요리는 아이들을 생각할 수 있는 시간을 주었다. 내가 무엇을 만들었는지, 그리고 어떤 과정으로 진행되었는지, 친구들과는 무슨 말을 하였으며 내가 만든 결과물을 보면서 어떤 생각을 하게 되었는지에 대해 생각하는 시간이었다. 그러나 힘들어 하는 친구가 있으면 강요는 하지 않는다. 자신의 생각을 자유롭게 발표도 한다. 학습은 경험이다. 경험은 곧 자신감과 연결되는 것임을 알았다. 궁중떡볶이에 대해 아이들이 할 말이 많아졌기 때문이다.

"선생님, 우리 맨날맨날 이렇게 공부하고 싶어요."

학습부진 아동은 자신도 모르는 사이에 요리치료를 통해 집중하고 기다리는 것을 배우게 되었다. 또한 경험을 통해 사물을 비교 분석하는 방법을 터득하게 되었다. 요리치료 10회기 동안 결석률 0%, 집중력 100%, 참여도 100%를 나타내는 효과를 보였다. 그리고 요리치료에 참여했던 아이들이 학교 수업에서 자기의견을 표현하고 발표도 자신 있게 하는 모습으로 수업 태도도 몰라보게 좋아졌다는 것이다.

12. 교실을 날아다니는 아이

ADHD 아동

"어떡해요 선생님. 의사선생님이 ADHD라면서 아이에게 약을 먹이라고 해서요. 제가 볼 때 다른 얘들보다는 조금 더 활발하고, 활발하다 보니 주의력이 떨어질 뿐이에요. 지금은 이러다가도 크면 괜찮아 질 거라고 생각이 되는데. 자기가 흥미 있는 것은 집중력을 발휘해 성실하게 생활할 거라 봐요. 그런데 병원에서 아이에게 약을 먹이라고 하니 먹일 수도 안 먹일 수 없어서 어떻게 해야 할지 잘 모르겠네요."

초등학교 입학 한 아들을 둔 엄마의 이야기이다. 엄마는 음악을 전공하고 지방 연주단에서 활동을 하고 있다. 엄마의 재능을 물러 받은 듯, 아이는 5세부터 바이올린을 배웠다는 것이다. 그런 아이가 학교에서는 문제아로 낙인찍혔고 담임 선생님의 권유로 병원에서 진단을 받았다는 것이다.

"혹시, 은율이가 바이올린을 좋아하나요?"

"조기교육으로 바이올린을 배우게 했는데, 그렇게 좋아하는 건 같지 않아요. 억지로 시켜서 그냥 하는 것 같아요."

"제 의견은 ADHD는 특별히 관심을 갖고 치료를 해야 해요. 그대로 내버려 둬서는 안 됩니다. 그렇다고 반드시 약을 먹어라 먹이지 마라는 제가 판단할 일이 아닌 것 같습니다. 그러나 우리 어른이 알아야 되는 것은 아이가 좋아하는 것을 자유롭게 할 수 있는 환경을 만들어주어야 한다는 것입니다. 그러니까 너무 강요하지 마시기 바랍니다. 바이올린 뿐 만아니라 다른 일도요. 가령 공부나 학원 말입니다. 은율이가 좋아하는 거 하도록 해 주세요. 그러다 보면 좋아하는 일에는 집중력이 높아지고 주의력도 생기고 산만한 행동이 조금씩 나아지지 않을까 생각합니다. 먼저 가족의 분위기를 바꾸어 보시기 바랍니다."

ADHD는 7세 이전에 나타난다. 지속적인 주의력 결핍, 산만, 과잉행동, 충동성을 보인다. 부모의 말과 선생님의 지시를 잘 따르지 않을 뿐만 아니라, 학교 과제, 집안 일 등을 끝까지 마무리하지 못한다. 무슨 일이든 도중에 깜빡 잊어버리거나 에너지가 넘쳐서 여기저기 돌아다니면서 큰소리를 낸다. ADHD아동은 학교생활을 잘 적응하지 못한다. 순서를 기다리지도 못하고, 수업 시간에 허황된 질문을 던진다. 남의 일에 지나치게 간섭을 해 다툼이 생기게 되거나 왕따를 당할 뿐만 아니라, 자신의 의견이 받아들여지지 않으면 과격한 행동을 보이기도 한다. 다른 아이에 비해 학습능력이 떨어져 자존감을 떨어지는 문제점을 보인다. 그렇다고 비관적인 것만은 아니다. 심리학자 호노스 웹은 "ADHD로 진단 받는 아이의 대부분은 창의성, 직관력, 감수성, 높은 에너지 수준을 가지고 있다."고 하였다. 따라서 ADHD 아동은 그 자체로 질병이라고 보기보다는 학교 시스템과 잘 맞지 않아 생기는 불협화음의 결과 볼 수 있지 않을까? 이러한 아동은 다만 학교생활에서 장애를 겪고 있을 뿐이므로 비정상아로 낙인찍고 약을 먹이는 것만이 능사가 아니다. 그렇지 않아도 지금의 교육 제도와 맞지 않고 고통스러워하는데 거기다가 약까지 먹이는 건 좀 생각해 봐야한다고 본다. 이것은 지극히 주관적인 의견이다. 자녀가 어릴수록 약에 의존하지 말고 가족의 분위기와 환경을 바꾸고 조급해하지 않고 느긋하게 지속적이고 일관된 교육이 이루어져야 할 것이다.

2012년, 구청 사업으로 진행 된 요리치료이다. 교실 문을 열고 들어서는 순간부터 다른 아이들과 달리 매우 소란스럽다. 교실 밖에서는 어머니들이 아이들의 수업을 참관하고 있다. 어머니들이 걱정의 눈빛으로 요란하게 떠들고 뛰어다니는 아이들을 따라 다니고 있었다.

아이들은 내가 들어와도, 보는 척 마는 척 책상 위에 올라가서 날아다니고, 교실 맨 뒤에서 공차기를 하는 둥 교실이 떠나갈듯 한 분위기이다. 첫 시간부터 아이들에게 관심을 끌지 못하면 수업은 실패나 마찬가지라는 생각이 들었다. 내가 제일 먼저 해야 할 일은 착석이다.

"애들아, 내 손에 든 게 뭔지 알겠니?"

한 남자아이가 뛰어다니다가 행동을 멈추고 고개를 돌려 나를 힐끗 쳐다보면서

"팝콘이네." 라고 말하고 다시 뛰기 시작했다.

"그래요, 팝콘이에요. 우리가 직접 팝콘을 만들어 보자. 선생님이 만드는 방법 알려 줄게요."

팝콘을 직접 만들어 보자라는 말에 하나 둘씩 자리에 착석했다. 교실 안이 조용해졌다. 조금이라도 재미없으면 금방이라도 용수철처럼 자리를 박차고 튕겨 올라 올 것 같은 눈빛을 보니 나의 마음이 조마조마하였다. 나는 한 아이와 시선을 고정하면서 설명을 이어갔다.

"이것은 뭘까요?"

"옥,수,수."

"오~~ 옥수수 맞아요. 이것은 옥수수 알갱이를 말린 것이에요. 옥수수가 어떤 과정을 거

쳐서 팝콘이 되는지 궁금하지요? 지금부터 옥수수로 팝콘을 만들어 봐요."

아이들은 딱딱한 옥수수를 만져보고, 튕겨보고 깨물어 보았다. 어떤 아이들은 몇 알을 책상 위에 올려놓고 주먹으로 쿵쿵 두드렸다. 평소엔 찐 옥수수만 먹어 봤다는 아이들이 말린 옥수수 알갱이를 처음 본 것이다. 아이들이 그릇에 옥수수 알맹이를 넣었다. 그러자 '따르르' 알갱이들이 스텐리스 그릇에 부딪히는 소리가 요란하게 들렸다.

"시끄러워요."

"옥수수가 떠들어요."

아이들은 그들만의 방식으로 언어와 행동으로 표현하고 감정을 발산했다. 냄비에 식용유를 넣고 옥수수 알갱이를 넣은 후 튀기기 시작했다. 유리 뚜껑 위로 20개의 눈동자들이 모여졌다. 아이들의 궁금증은 팝콘이 튀겨지는 것만큼 폭발적이었다.

"왜, 김이 나요?"

"까맣게 타면 어떻게 해요?"

아이들의 특성 상 잠시도 가만히 있지 않았

다. 10여분이 지나자, 냄비에서 옥수수 알갱이가 터져서 '뽕뽕뽕'하는 소리가 들렸다. 이 모습과 소리가 신기한 듯 옹기종기 모여서 지켜보았다. 내가 아이들에게 방금 난 소리를 따라 해보라고 하자, 아이들이 한 목소리로 노래하듯이 합창했다.

"뽕뽕뽕-"

점점 유리 뚜껑을 밀고 팝콘이 부풀어 오르기 시작했다.

"선생님 ~~ 냄비 뚜껑이 저절로 열려졌어요."

"그래, 이제 옥수수 알갱이가 튀겨지는 거야. 그래서 부풀어 오르니까 냄비 뚜껑을 막 비집고 나오려고 하다 보니 뚜껑이 열리게 되네."

팝콘 냄비 주위에 모여 든 아이들은 침착함과 인내심을 발휘하면서 가만히 지켜보았다. 집중력 100%, 소란스럽거나, 상황에 맞지 않는 말을 하거나, 딴청을 부리지도 않았다. 아이들은 옥수수 알갱이가 고소한 팝콘으로 변화되는 과정을 직접 관찰했다. 팝콘이 완성되었다. 커다란 볼에 가득 담아 둘러 앉았다. "자!

먹기 시작" 너도나도 팝콘을 한 입 가득 밀어 넣었다. 팝콘 만들기는 ADHD 아동들은 예상 밖으로 인내심과 집중력을 보여주었다. 교실 밖에서 조바심을 내며 지켜보던 어머니들은 놀랍다는 반응을 보였다.

"세상에, 아이가 조용하게 무슨 일을 끝까지 하는 걸 처음 봐요. 요리에 이렇게 흥미 있어 하는 줄 몰랐네요. 요리치료를 꾸준하게 하면 아이가 크게 달라질 거라 생각이 들어요. 정말 훌륭해요 선생님, 감사합니다."

맞다. 산만한 행동, 주의력 부족 등은 우리 아이들만의 문제는 아니다. ADHD아동에게 무조건 '하지마라, 안 된다, 위험하다'라고 잔소리처럼 늘어놓거나 행동을 제약하는 것은 오히려 역효과를 보일 수 있다. 아동이 흥미 있어 하는 분야를 짧은 시간에 집중할 수 있도록 다양한 환경을 만들어 준다. 처음에는 어렵겠지만 온 가족이 노력하고 칭찬과 격려를 해 준다면 아동이 변화를 지켜 볼 수 있을 것이다.

13. 엄마 맘 아프게 했어

지적장애 아동

2004년, 나는 돈을 받고 아이들을 가르치는 직업 전선에 서 있었다. 나는 장애인을 만나 교육과 치료수업을 진행한다. 대부분 중증의 장애 친구이다. 30대 중반, 장애를 가진 친구를 만나고 돌아오는 길은 항상 눈물바람이었다. 버스 창가에 비치는 내 모습과 친구들의 모습이 겹쳐지면서 일주일 정도는 앓이 를 한다. 그리고 일주일 만에 그 친구들 만나러 가기를 반복하는 그런 시절이 있었더랬다. 현장에서는 철저한 준비와 계획으로 각별한 관심과 애정으로 조금이라도 발전하고 익숙해지길 바라며 혼신을 다해 준비하고 활동하지만 집으로 돌아오는 길은 늘 허전하고 허탈했다.

작가 샤론 M. 드레이퍼의 외국 동화 『나의 마음을 들어 줘』는 작가의 딸이 뇌성마비이기에 이야기를 진솔하게 쓸 수 있었다. 주인공 멜로디는 뇌성마비 장애아이다. "나는 말을 하지 못한다. 걷지도 못한다. 혼자서는 밥을 먹을 수도, 화장실에 갈 수도 없다. 그래서 너무 절망스럽다. 사람들은 나를 볼 때는 대개 불편한 내 몸을 먼저 본다. 그런 까닭에 내 멋진 미소와 내 깊은 보조개를 알아차리기까지는 시간이 좀 걸린다. 내가 봐도 내 보조개는 참 괜찮은데…." 멜로디는 겉모습과 달리 천재다. 멜로디는 한 번 본 것은 사진 찍은 것처럼 절대 잊지 않으며, 음악을 색으로 느낄 수 있는 높은 지적 능력을 가지고 있다. 하지만 멜로디는 말을 할 수 없으므로 부모로부터도, 학교 선생님으로부터 지적 수준이 낮은 아이로 여겨진다. 그래서 멜로디는 갑갑한 생활을 이어간다. 어느 날 장애인을 대신에 목소리를 내는 컴퓨터를 만나게 되면서 운명이 바뀐다. 엄지 하나만 겨우 움직일 수 있는 멜로디는 오로지 엄지를 사용해 자신의 마음을 목소리로 낼 수 있었다. 멜로디는 컴퓨터를 통해 "엄마, 아빠 사랑해요." 라고 한다. 말 한마디도 못하는 뇌성마비 장애를 가진 딸이 컴퓨터로 엄마아빠 사랑한다는 말을 했을 때 부모의 마음은 어땠을까?

나는 멜로디처럼 주변 사람들에게 감동스러운 말을 한 지적장애 6학년 아동을 만난 적이 있다. 그 아이의 엄마는 한 부모였으며 유방암 3기 환자였다. "제발, 내 아이가 혼자 밥 먹고 살아 갈 수 있게만 해 주세요. 내가 잘못 되었을 때 이 아이를 돌 봐줄 사람이 없어요."하고 눈물을 흘렸다. 결론부터 말하자면 그 어머니는 다행스럽게 수술이 잘 되어 아이와 함께 살아가고 있다.

그 당시 어머니의 간절한 부탁으로 이 아동이 혼자서 잘 할 수 있는 일이 무엇일까를 생각해보았다. 이제까지 엄마가 씻어주고, 먹여주고, 데려다 주는 등의 일상생활을 챙겨주었기 때문에, 직접 무언가를 하려는 시도나 노력을 하지 않아도 살아가는데 아쉽거나 불편함이 없을 정도이다. 이 친구에게 가장 시급한 것은 혼자서 할 수 있는 시간을 주는 것이고, 어머니에게 가장 중요한 것은 자녀에게 한걸음 떨어져 지켜보는 일이었다.

엄마와 함께 샌드위치 만들기를 하는 날이 있었다. 가장 쉽고 친근한 비구조화 활동방법으로 식빵 위에 소스 또는 시럽으로 자유롭게 그려보기에서 반구조화 작업으로 주제에 맞게 그려보기, 시·공간적 지각능력을 파악하기 위해 입체적으로 만들기 등의 활동을 단계적으로 구성된다. 식빵으로 하는 식재료 놀이 활동은 아주 다양하게 진행된다.

식재료의 장점은 매일 보는 것이어서 친근하다. 직접 만지고, 썰거나 찢고, 입으로 가져가 먹어도 무해하다. 반드시 결과물의 요리를 만들지 않아도 다양하게 활용이 가능하다. 식재료를 자르고 찢고 뜯어 붙이는 행위는 미술재료보다도 즉각적인 반응을 보이고 호응도가 높다는 것을 현장에서 확인할 수 있다.

민호는 식빵을 세모모양으로 자르기 시작했다. 그 전 시간에 모양에 대한 인지교육을 하였는데, 세모, 네모, 동그라미 모양을 식재료로 연결하여 활동을 하고 있다. 민호가 생활연령이 14세이므로 모양을 도형으로 한 차원 업시켜 삼각형. 사각형. 원이라고 기억하고 있었다. 플라스틱 빵 칼을 잡고 천천히 완성된 샌드위치를 잘랐다. 나는 마음을 졸이며 지켜보았다. 아이가 정확하게 세모, 네모, 동그라미에 대한 모양에 대한 개념을 알고 있어야 할 수 있는 활동이다. 민호는 대각선으로 식빵을 잘랐다.

"와, 민호야 세모 모양의 샌드위치가 두 개 나왔네. 잘했어."

민호가 잘라진 샌드위치를 보더니 더듬더듬 어눌한 말투로 엄마에게 말을 했다.

"카. 카, 샌드위치가 아. 아프겠다.

제가 어.엄...마 맘.. 아프게 했어요."

민호는 자신이 만든 샌드위치가 잘라지는 것에 대해 마음이 아팠던 거 같다. 엄마가 민호를 부둥켜 안고 울었다. 그동안 아이에게 공들인 엄마의 마음이 한 순간 보상 받는 느낌이었으리라. 인지학습적인 능력이 향상되었다는 만족감보다는 민호가 엄마의 마음을 이해하고 있다는 사실이 감동이었다. 나도 울컥하여 눈물이 핑 돌았다.

내가 민호를 처음 만났을 때, 민호는 언어도 행동도 어눌하고, 의욕도 없어서 어떤 활동도 불가능해 보였다. 초등학교 6학년이면 적어도 7,8년, 길게는 10년 이상을 치료교육을 받았을 것이기에 사춘기를 맞이하는 민호가 나와 호흡이 잘 맞을지가 불안했기 때문이다. 그동안 만났던 선생님과 교수방법에 대한 익숙함은 새로운 선생님과의 만남도 생활 연령만큼 시간을 보내야 한다. 14세이면 14년의 시간이 역사를 새로 써야 된다는 말이다. 그러나 요리치료는 다른 치료 분야와 달랐다. 친숙한 식재료로 요리놀이 활동에서 시작하여 수준에 맞는 교육 프로그램으로 진행을 했더니 조금씩 나의 의도대로 서서히 변했던 것이다. 민호가 마침내 태어나서 처음으로 마음을 언어로 표현했다 그것도 엄마에게.

14. 인디언 놀이

생활시설 아동

2009년, P시 **재활원에서는 10여 명의 장애아동을 대상으로 일주일에 한 번씩 요리치료사 3명이 자원봉사로 요리치료를 진행했다. **재활원의 친구들은 재활원에서 생활하는 초등학생이다. 이들의 특성은 옆에 선생님이 있어야 하는 친구, 관심과 애정을 확인하려는 친구, 아무것도 하지 않으려는 친구, 한 곳에만 몰두하거나 자해하는 친구 등으로 9명의 남학생과 1명의 여학생으로 구성되었고 연령도 다양했다.

아이들의 호응도와 관심을 높이기 위해 '배추잎 인디언놀이'로 역할극을 하였다. 배추

한통과 무 한 개는 몸과 마음을 움직이게 하는 재료로서 아주 폭발적인 인기로 마음껏 가지고 놀 수 있었다.

"배추는 김치만 되는 거 아닌가요?"

"배추는 어디서 자랄까? 이렇게 큰 배추로 무엇을 할까?

우리 배추는 먹어 본적이 있는데 ?"

"김치요, 김치 먹어 봤어요."

그림카드로 배추와 무를 알게 되었고, 김치와 깍두기로만 보아온 배추와 무의 실물은 처음 본 아이들이었다. 배추가 어디서 자라며, 어떻게 재배되는지를 알 리 없었다. 그래서 직접 만지게 하고 썰어보고 찢어보고 맛보게 하면서 인디언놀이를 했다. 예전에는 색종이와 도화지, 신문지로 인디언 치마와 모자를 만들었다. 지금은 식재료를 이용해 배추로 인디언 치마를 만들고, 무 잎으로 모자를 만들었다.

자연에서 얻은 재료는 아이들의 감성을 풍부하게 만들고 정서적으로 안정감을 갖게 한다. 더욱이 매일 만나는 먹을거리는 친숙하기 때문에 강한 호기심을 갖게 한다. 따라서 요리치료는 식재료를 직접 만지고, 꾸미고, 맛보는 경험을 반복하면서 체험적인 학습으로 요리놀이를 통하여 인지능력을 키우게 된다. 다른 치료에 비해 요리치료는 장애아동의 특성에 따라 신체의 조절과 균형을 위해 온 몸을 사용해야 한다.

식재료 놀이 활동은 아동에게 김치 담그기를 한 후 버려지는 이파리를 화용하는 프로그램이다. 그러나 요즈음은 식재료를 활용하여 놀이를 진행할 수 없다. 판매되는 식재료 손질이 잘 되어 있어 아쉬운 점이 많다. 식재료의 가격이 10년 전보다 비싸기 때문에 먹는 재료를 놀이에 사용 후 버린다는 것에 대한 인식이 부정적이다. 인디언 치마와 인디언 모자는 전지(도화지) 또는 신문지를 손으로 길게 찢어서 고무줄로 연결하여 사용한다.

별책부록

: 인디언 치마와 모자 만들기

인디언 모자와 치마를 만들 때 고무줄을 사용한다. 고무줄은 입고 벗기 쉽다. 노끈은 아이들이 장난을 치거나, 목에 두를 경우 위험하다.

인디언 치마

배추 잎(배추의 겉잎, 초록빛이 많이 나는 것이 예쁘다)을 하나씩 떼고, 젓가락으로 배추 줄기에 구멍을 낸다. → 고무줄로 배추 5, 6장을 연결해 끼운다. → 중간 중간 무 잎도 끼운다.

인디언 모자

무를 적당히 잘라 도형 틀로 모양을 찍어 낸다 → 모양의 중간에 구멍을 내서 고무줄을 끼워준다 →중간 중간 무 잎도 끼우면 된다.

별책부록
: 지적장애아동과 활동 시 유의할 점

첫째, 기본적인 기능을 익히는 데 역점을 둔다.

둘째, 인지적, 발달적, 행동적 접근을 적용해 프로그램을 구성한다.

셋째, 천천히 학습된다는 점을 고려해 반복적이며 지속적으로 한다.

넷째, 실패감을 맛보게 하지 않는 것이 중요하다.

다섯째, 아동을 격려하고 긍정적인 면을 강조함으로써 자신감을 심어준다.

장애인의 교육과 치료지원은 장기간 진행되어야 한다. 단기간에 이루어지지 않기 때문에 대상자(장애인), 가족과 교육과 치료지원을 담당하는 선생님, 치료사의 세 분야가 호흡을 맞추고 지속적으로 이루어져야 한다.

15. 구체적이고 단계적인 것

수준별 요리치료 프로그램

"권 선생님 저 모르시겠어요. 저 박수현(가명)엄마에요."

자녀의 이름을 말하는 어머니는 나를 아는 듯했으나 나는 기억이 나지 않는다.

"권 선생님이 일산 집에서 센터를 하실 때, 우리 딸아이를 요리치료 해주셨잖아요. 발달장애를 가진 우리 딸아이가 어느덧 대학생이 되었답니다."

"아, 네에. 벌써 대학생이 될 만큼 제가 늙었다는 거죠. 웃음."

"우리 딸아이가 요리치료를 꾸준히 받고나서는 몰라보게 달라졌었어요. 시키지 않아도 주

방을 깨끗하게 치우고 또 양념통도 깔끔하게
닦곤 했지요. 사춘기 지나면서 라면도 혼자 잘
끓여먹고 마트에 가는 것도 신이 나는 것 같더
라구요. 그랬던 아이가 요번에 고등학교 졸업
하고 전문대 조리학과에 입학했어요."

수현 어머니의 말씀에 가슴이 벅차올랐다.
대학생이 되었구나 생각에 눈물도 찔끔 났다.

수현 어머니는 딸의 대학 합격 통지를 받자
마자 제일 먼저 나를 찾았다고 했다.

2008년, 요리치료를 시작하면서 따로 연구소
가 없어서 아파트에서 시작하게 되었다. 그 때
자폐성장애 수현은 요리하기를 재미있어 했다.
일주일에 한 번 집으로 오는 시간을 기다렸으
며, 오자마자 냉장고를 열고 식재료를 꺼내고
다듬고 씻는 일을 자발적으로 할 수준이었던
기억이 났다. 수현 어머니는 수현이가 비록 전
문대를 특례로 입학했지만 서울대에 합격한 것
보다 더 행복하다고 하였다. '행복이 별건가요
자녀가 행복하면 부모도 행복한 일이지요.'

수현을 시작으로 나에게 요리치료를 한 대상
자가 대학생이 되었다는 소식을 종종 듣는다.

요리치료를 통해 조리학과에 진학한 수현처럼 수많은 장애인과 부모님이 꿈을 실현 할 수 있는 계기가 되었으면 좋겠지만, 장애인의 일상생활을 해 나갈 수 있도록 하는데 도움이 되었다는 소식은 이 일을 하고 있는 나에게 힘이 되었다.

장애 자녀가 어릴수록 부모님은 다양한 교육과 치료지원을 한다. 자녀의 발달과 성장은 눈에 띄지 않을 정도로 천천히 변화를 볼 수 있을 것이다. 또한 효과를 보지 못하거나 오히려 역효과를 보는 경우도 있다. 그렇다면 부모도 아이도 모두 즐겁게 할 수 있는 교육과 치료지원이 이루어지면 좋을 것이다. 모두에게 친근하고 친숙하여 언제 어디서나 구하기 쉽고 접근 가능한 매체는 적극적인 참여를 유도 할 수 있기 때문이다. 요리치료는 인간이 살아가는데 있어 생명이요, 생활이며 삶이기에 반드시 필요하다. 우리의 일상에서 반드시 있어야 하는 주방을 활용한다면 요리치료는 항상 가능하다.

별책부록

: 연령별, 수준별 요리치료 프로그램 특성

구체적, 체계적, 단계적, 개별적인 프로그램

1-2세의 영·유아는 요리를 통한 놀이를 진행한다. 영유아는 기쁨이나 즐거움의 긍정적인 정서표현과 낯선 환경에 대한 두려움을 자주 표현한다. 오감놀이를 통하여 대근육 조절과 소근육 발달시킨다. 식재료와 조리도구를 활용한 반죽놀이는 두 손 협응, 눈과 손의 협응, 쌓기와 담기로 균형감각을 기를 수 있다. 영유아는 외부의 감각적인 자극에 청각, 후각, 미각, 촉각, 시각 등으로 민감하게 반응하므로 가정에서 식재료와 조리도구를 장난감으로 활용한 놀이가 효과적이다.

3-5세의 유·아동은 요리활동을 통해 기본적인 학습능력을 향상한다. 감정 지속 기간이 짧아서 밀가루 반죽을 이용한 정서를 표현하게 하면 아이의 마음을 이해할 수 있다. 역할극을 통해 아이의 느낌이나 재료의 입장이 되어 이야기 할 수도 있다.

이 시기 아동은 수학의 기본개념을 배울 수 있다. 과학의 기본개념을 익히게 된다. 식재료의 촉감, 맛, 냄새, 소리, 색깔 등의 구분과 변화를 관찰할 수 있으며. 자르기, 찍기, 그리기, 붙이기, 만들기 등으로 미술의 기본개념을 익히게 된다. 자신감, 성취감, 집중력, 창의력, 사고력, 인내력 등을 키울 뿐만 아니라 계획능력, 실행능력, 표현능력이 향상된다. 집단 활동으로 협동과 분업을 익히고 책임감과 사회성을 향상시키고 이시기의 유아동의 가장 중요한 EQ를 높인다.

6-7세의 아동은 요리활동을 통한 학습능력을 습득한다. 기초적인 학습능력을 갖게 한다. 자연과 주변의 친근한 사물을 직접 보고, 듣고 만지고, 찾아보는 능동적인 경험이 필요하다. 주변에서 흔하게 구할 수 있는 식재료를 직접 보고, 만지고, 찾아보는 경험 뿐 만 아니라 그리기나 만들기와 문장 구성능력 및 표현능력을 길러준다. 또한 예절과 질서의 기본 생활 습관을 습득할 수 있도록 한다.

첫 번째는 수학의 기초개념을 익히기입니다. 식재료와 조리도구를 통해 분류, 순서, 측정, 시간과 공간, 도형개념, 통계 등을 경험으로 익힌다. 두 번째는 미술의 기본 개념을 익힌다. 다양한 식재료가 가지고 있는 색을 섞어보고, 찰흙처럼 주무르고 입체적인 형태를 만들어 보면서 공간지각 능력을 키울 수 있도록 한다. 세 번째는 과학의 기본개념을 익힌다. 우리 몸의 각 부분 명칭과 구조 기능을 알기, 식재료 탐색과 관찰, 조리도구 사용방법을 익힌다. 네 번째는 식습관과 식사 예절을 배운다. 올바른 자세와 태도로 식사습관, 식사예절을 배운다. 다섯 번째는 건강한 식생활을 습득한다. 음식물의 필요성과 영양을 알고 골고루 먹기를 하면서 편식예방을 한다. 여섯 번째는 안전과 위생이다. 요리활동을 하기 위한 소독과 손 닦기, 주변 정리하는 방법을 익힌다.

8세 이후의 초등학생은 요리활동을 통한 고차원적인 사고능력을 키운다. 8세 이후 아이들은 학습능력의 향상을 바라지만 과도한 기대는 역효과가 생긴다. 때문에 학교나 학원과 달리 요리활동으로 기본 원리를 가르치고 자기 주도적으로 참여하게 하는 데 주안점을 둔다. 이들의 호기심을 자극하여 한 명의 낙오자가 없이 흥미를 갖고 참여해 스스로 공부할 수 있는 능력을 기르게 한다는 것이다. 요리활동은 창의력을 높여줍니다. 주변 상황에 대한 관심을 갖고 탐색하게 하고, 새로운 식재료를 제공하거나 새로운 활동방법을 알려 주면서 하지요. 두 번째는 논리력을 높여줍니다. 문제 상황 해결하기, 다양한 활동방법 알아보기, 요리활동에 대한 이야기 만들기, 완성 된 결과물 설명하기, 원인과 결과에 대한 인과관계 설명하기를 하죠. 세 번째는 탐구력을 높입니다. 식재료와 조리도구 관찰하기, 활동과정 알기, 비교하기, 규칙 찾기, 변화에 대해 인식하기 등을 자기 주도적으로 하게 한다. 네 번째 어휘력을 높여준다. 활동주제에 맞는 활동방법과 활동순서를 구상하고 그리고 식재료와 조리도구와 식재료의 쓰임과 활용을 기억하고 말하기를 한다.

3장. 먹는 일이 치유이다.

마음이 통하는 요리치료

별책부록
: 밀가루 놀이의 장점

①거부감이 없다. 우리 주변에서 쉽게 얻을 수 있는 식재료를 이용하기 때문이다.

밀가루는 식탁 위에 오르는 요리의 재료이므로 흥미와 호기심을 자극한다.

②오감각을 활용한다. 미술치료, 음악치료, 놀이치료 등 수많은 치료가 있지만, 미각을 자극하면서 동시에 시각, 청각, 후각, 촉각을 활용하는 전인적인 치료방법이다.

③활동과정이 중요하다. 요리는 완성된 음식으로 평가받지만, 요리치료는 식재료와 조리도구를 활용하여 요리를 만드는 과정에서 다양한 지원이 이루어진다.

장애의 특성과 수준에 따라 차이는 있지만 결과물을 완성하는 과정에서 참고 기다리는 인내심이 길러지고 성취감을 갖는다.

16. 쌤, 맛있는 거 해 주 쌤

유·아동을 대상으로 하는 요리, 즉 아동요리는 널리 알려져 방과 후 학교, 문화센터, 지역아동센터에서 진행하고 있지만 특수교육과 치료지원을 바탕으로 하는 요리치료는 많이 낯설다. 2017년 현재, 요리치료에 심리·정서까지 지원할 수 있는 전문가는 찾아보기 힘들 정도이다. 아동요리는 말 그대로 영·유아 대상으로 하는 요리활동으로 그 효과와 대상이 제한적인데 비해 요리치료는 영·유아에서부터 아동, 청소년과 성인, 어르신과 장애인을 대상으로 활동하는 프로그램이다. 요리치료는 요리 만들기에 중점을 두는 것이 아니다. 장애인에게는 특수교육과 치료지원서비스를 지원하는데 있어 식재료와 조리도구를 활용한 요리활동을 매개로 장애특성과 발달 수준에 맞게 프로그램을 진행하는 것이다. 남녀노소 일반인에게는 심리·정서지원 요리심리 프로그램에서 활동대상자의 상황과 수준에 맞게 의학적이며 재활적인 프로그램을 계획하므로 대상자의 참여율이 높으며 긍정적인 반응을 이끌어 낼 수 있다는 점에서 그 효과는 대단히 큰 편이다.

2013년, @@일보에서 요리치료를 취재 왔었다. "요리는 유아에서부터 청소년 노인에 이르기까지 매우 흥미 있는 활동이자 통합적인 경험을 제공하는 소재이죠. 요리치료는 다른 치료들과 달리 단순한 식재로가 조리도구와 열을 만나 점점 변화되어 가는 과정들은 오감을 통해 신체적, 정서적, 인지적, 정신적 발달을 도모할 수 있어요. 요리치료는 요리라는 매체, 다시 말해 다양한 식재료와 조리도구를 활용해 요리를 만드는 과정 속에서 장애인의 심리적 치료와 재활과 더불어 기본적인 식생활은 물론 자립, 재활, 사회성 향상에 탁월한 효과를 보입니다. 특히 누구나 쉽고 친근하게 접할 수 있기 때문에 부모와 자녀가 함께하는 가족 활동으로 적합해요." 이처럼 요리치료의 대상은 장애인과 일반

인의 모든 연령을 만난다. 이 가운데 청소년 요리치
료는 심리·정서지원 프로그램을 운영하고 있다. 그
동안 요리치료를 통해 학교와 기관, 센터에서 만나
는 청소년은 사춘기에 겪는 일반적인 문제를 지니
고 있는 보통의 청소년을 만난다. 청소년은 몰라보
게 달라진 신체 변화에 대한 혼란스러움과 학업과
진학에 대한 스트레스 그리고 부모의 기대로 인한
부담감을 갖고 있다. 자칫 잘못하면 현실도피적인
공상, 이성 관계, 음주가무, 흡연, 가출 등의 문제를
저지르기도 한다. 따라서 청소년에게 다양하고 많은
경험을 하게하고 책을 통한 간접 경험을 통해 자신
의 존재 의미와 올바른 인성과 가치관을 세울 수
있게 해야 한다. 사춘기 청소년의 무한한 잠재력과
가능성을 인정해 줌으로써 자아에 대한 존중감을
갖도록 해야 한다. 청소년 자아정체감과 성취감을
촉진시키기 위해서는 체험활동, 모험활동, 여가활
동, 봉사활동, 여행과 함께 폭넓은 대인관계를 유지
하는 게 좋다.

요리치료는 요리활동이라는 자연스럽고 친숙한
분위기를 통해 마음의 문을 열고 친구와 진정한 대
화를 할 수 있게 한다. 더 나아가 부모와 선생님과

도 소통의 창구가 될 수 있다. 2009년 경기도 소재 여고의 wee센터에서 만난 학생은 심각한 장애를 앓거나 큰 문제를 일으킨 비행 청소년이 아니었다. 우리 주변에서 흔하게 볼 수 있는 여고생이었다.

담당 교사는 "우리 아이들은 사춘기로 인해 학교 생활 부적응을 겪고 있습니다. 학교에서 특별히 신경을 써서 체험 활동을 시켜보고 또 유명 강사를 초청해 강의하기도 했어요. 웬걸요 아이들이 아무것에도 흥미를 느끼지 않아요. 그래서 소문을 듣고 권 선생님에게 강의를 부탁드리게 되었습니다." 상담교사는 공부를 꽤 잘하던 학생도 몇 명 있는데 심하게 사춘기가 오면서 급격하게 성적이 떨어졌다는 것이다. 그 학생에게는 학원도, 과외도 또 특별 체험활동도 효과가 없었다고 했다.

나는 평소 장애인과의 활동이 대분이이다. 막상 여고생을 앞에 두게 되니 긴장이 되었다. 여고생은 강사가 사소한 실수를 하거나, 조금이라도 어리버리한 틈을 보이면 자지러질 듯 웃고 난리를 친다. 이렇게 되면 요리치료의 집중도가 떨어질 터였다. 여고생은 내가 무엇을 하러 왔고 어떤 사람인가에 대해서는 아무런 상관없다는 듯이 행동했다. 입실하

기 전부터 서로 웃고 떠들고, 핸드폰을 만지작거리
더니 수업이 진행되어도 여전했다. 한 여학생은 늦
게 조리실에 들어온 지각생이었다. 들어오자마자 가
방에서 손거울을 꺼내고 머리에 올릴 헤어롤(구루
퍼)을 꺼내서 앞머리에 돌돌돌 말아둔 후, 퍼프로
톡톡톡 두드리며 화장까지 곱게 하는 모습을 보였
다.

"여러분 요리치료 시간입니다." 크게 외쳤다. 그러
자 나를 뚫어져라 쳐다보던 한 여학생이 "샘, 맛있
는 거 뭐 해 줄 거에요." 그 말이 떨어지기 무섭게
여기저기서 "전, 떡볶이 먹고 싶어요.", "난, 함박스
테이크 해 주세요" 장난스런 목소리가 터져 나왔다.
"선생님은 요리사가 아닌데. 친구들이 만들고 싶은
요리를 만드는 방법을 알려 주고 만들면서 모르는
부분은 함께 만들 수 있도록 도움을 주는 사람이
바로 나입니다. 이 시간은 요리를 함께 만드는 시간
이에요. 여러분이 직접 경험하면서 완성 해 보는 경
험을 할 수 있답니다. 우리가 어떻게 변하는지 이
시간이 끝나면 확인해 봅시다. 시작해도 되나요. 준
비되었습니까?"

"에이, 귀찮게 뭘 만들길 뭘 만들어요. 샘이 만들

어주심 안돼요?" "요리를 만들면 요리가 변화되지, 어떻게 우리가 변화가 된다는 말이죠? 참 이해가 안 되는 샘이시네." 이 여학생의 말은 조리실에 모인 학생에게 휘발유를 뿌리는 격이 되었다. 학생들이 금방 소란해지면서 잡담으로 가득해져서 귀가 먹먹해질 정도였다. 자칫 잘못하면 수업이 제대로 진행이 되기 힘들 듯 했다. 내가 소리치듯이 "이제부터 토마토 스파게티를 만들어보자"고 말하고 나서 곧바로 수업을 진행시켰다. 아무래도 여학생에게 친숙한 식재료로 호기심을 자극하고 반응을 집중시킬 수 있었다.

"여러분 파스타와 스파게티 차이를 아세요?. 파스타는 달걀에 밀가루 반죽을 해서 만든 이탈리아식 국수에요. 이 종류가 다양한데 길이에 따라 롱 파스타, 쇼트 파스타로 나뉘는데 이 가운데 롱 파스타가 스파게티에요." "토마토 파스타는 스페인과 포르투칼의 대표 작물인 토마토를 만나서 생기게 됐답니다. 스페인과 포르투칼에서 토마토를 경작하지 않았다면 어쩌면 토마토 스파게티가 이 세상에 없을 지도 모르겠죠. 그리고 내가 여러분을 특별히 배려해서 토마토 스파게티를 만들기로 했어요. 그 이유는 토마토가 다이어트에 효과적이기 때문입니다. 토마토는 당분 함량이 낮아 당뇨 수치에 도움을 줄 뿐만 아니라 콜레스테롤을 낮추어 비만을 억제합니다."

여학생들의 환호성이 쩌렁쩌렁했다. 앞에 있는 토마토를 만지고 입에 대기도 했다. 요리치료의 하이라이트인 토마토 스파게티를 만들기 시작했다. 잠시후, 한 여학생이 머리카락을 치렁치렁 늘어뜨린 여학생이 붉은 토마토소스가 묻었는데도 머리를 묶지 않고 만들고 있는 것을 발견했다. 그 여학생은 머리를 묶을 생각이 없다고 했으며 그냥 이대로가 편하다고 하였다. 그래서 그 상태를 인정해 주기로 한 나는 아무 말도 못하고 속앓이를 했지만 계속 신경이 쓰였다.

요리치료에 참여한 여학생의 성향이 사춘기적 방황과 반항을 보이고 있었기 때문에 내가 시시콜콜하게 지적을 하거나 주의를 주지 않기로 했다. 그동안 우리 친구들은 주위에서 너무나 많은 관심과 잔소리로 거부감이 생겼을 것이다. 이 시간만큼은 토마토 스파게티 결과물의 완성이 활동목표이기 때문에 한 사람씩 눈 맞춤으로 소통하고 서로에게 한

걸음씩 다가가는 것에만 집중하기로 했다.

여학생이 직접 만든 토마토 스파게티가 테이블 위에 놓였다. 모두 흐뭇한 표정을 지었다. 여학생 특유의 성향이 보였다. 접시에 담은 토마토 스파게티가 예쁘게 보이도록 접시의 가장자리를 훔쳐내고 위생과 더불어 시각적인 면까지 신경을 쓰는 모습을 보였다. 이 모습은 또래에게 잘 보이고 싶은 마음과 지기 싫어하는 마음을 엿볼 수 있었다. "완성된 것을 보니 마음이 어때요? 자, 이제 맛있게 먹어 볼까." 여학생이 포크를 들고 면을 돌돌 말아 입에 넣었다. 처음 먹어보는 아이들이 있는지 "느끼하다"는 소리가 들렸지만, 내가 만들어서 더 맛있다, 향기가 좋다며 다이어트 걱정은 잠시 잊은 듯 접시의 바닥이 드러나고 있다.

나에게 맛있는 거 만들어 달래던 그녀들은 요리치료 시간을 통해 잠시나마 학교생활의 압박감으로부터 벗어날 수 있었다. 사춘기로 인한 반항과 부적응 그리고 우울증도 토마토 스파게티를 만드는 시간에서만큼은 그 어디에서도 찾아보기 힘들었다. 10번의 만남은 사춘기로 인해 생긴 문제들이 점차 풀어 보려는 노력을 볼 수 있었다. 특히 여학생에게

더욱 호감도가 높은 식재료를 활용한 시간은 수업 참여도가 매우 높았다. 요리치료는 사춘기의 방황과 문제를 겪는 여학생에게 마음을 터놓을 수 있는 '벗'이 되어가고 있었다.

샘, 맛있는 거 우리가 해 드리겠. 샘.(드리겠습니다. 선생님).

17. 요리 할래? 핸폰 할래?

공익광고 중에 데이트를 하는 두 남녀가 아무 말 없이 고개를 숙이고, 아이의 생일잔치에서 축하보다는 가족 모두가 고개를 숙이고, 농구 경기장에서 관중은 경기 관람보다는 고개를 숙이고, 결혼식장에서 새롭게 출발하는 선남선녀에게 축하해 주기는커녕 고개 숙이고 묵념을 하는 모습을 했다. 광고는 스마트폰 중독으로 인해 잃어버리고 살아가는 우리의 모습을 적나라하게 보여 주고 있었으며 어떤 환경이든, 어떤 상황이든 마무리는 모두 묵념 자세이었다. 이 묵념은 친구, 연인, 부부, 가족. 이웃 더 나아가 사회에 대한 관심에서 벗어나 대화와 소통의 부재와 단절을 보여준다. 사람과의 관계에서 이루어지는 관심과 공감은 소중한 가치를 담고 있음에도 손바닥만 한 기계에 열정을 담아 버렸고 무엇이 소중한가를 상실해가고 있음을 인식하게 한다. 우리의 소중한 일상생활이 스마트폰으로 조정되어지고 있다고 해도 과언이 아니다. 이 광고를 보면서, 스마트 폰 중독이 얼마나 우리 가까이에 파고들었고 또 그게 얼마나 심각한지를 알 수 있었다. 스마트폰은 내 자식도 예외는 아니다. 우리집 두 아들도 밥을 먹는 식탁 옆에, 화장실에서 볼일을 보면서, 샤워를 하면서도 음악을 틀어놓는 등 몸의 분신처럼 끼고 살고 있다. 거의 손에서 떼어 놓고 다니는 일이 거의 없었다. 이러한 현상은 과거에 비해 두 아들과 대화하는 시간이 현격히 줄어들게 하였다. 심지어 가끔 가족 전체 식사를 할 때도 한손에는 수저, 다른 한 손에서 폰을 들고 있을 정도이니 할 더 이상 할 말이 뭐가 있을까 싶다.

2014년 서울시에서는 청소년 4998명을 대상으로 '인터넷·스마트 폰 사용 및 사이버 불링 실태조사'를 했다. 사이버 불링(cyber bulling)이란 메일, SNS, 휴대폰 등 디지털 기기를 사용해 온라인 등 가상공간(cyber)에서 욕설, 험담, 허위사실 유포, 따돌림

등 상대방을 괴롭히는(bulling) 현상을 말한다. 연구 결과에 따르면 서울 거주 청소년 5명 중에 1명이 스마트폰 중독 위험 군에 속한다는 것이다. 이는 2011년으로부터 무려 25% 증가한 것으로 2배 넘게 증가한 수치이다.

"스마트폰 중독 고위험 군에 속하는 청소년의 경우 학교생활과 가정 생황에 불만족스럽고 사이버 상에서 집단으로 괴롭히는 '사이버 불링'을 많이 경험하는 것을 밝혀졌다. 이들은 카카오 톡으로 욕설을 퍼붓고 악성 댓글을 다는 공개적인 괴롭힘을 많이 당하기도 한다. 또한 폭력성 게임과 음란물에 중독될 가능성이 매우 높을 뿐만 아니라 가출, 성매매 등 일탈의 유혹에 쉽게 빠질 수 있다. 스마트 폰을 과도하게 사용하면서 손목에 무리가 와서 생기는 질환으로 손목터널 증후군이 나타나기도 한다. 청소년이 스마트 폰에 심각하게 중독되는 이유는 가정과 학교, 친구관계에서 폐쇄적이거나 방임으로 인해 자신의 목소리를 들어 줄 곳이 없어서 스마트 폰에 의존하는 경우가 많을 수도 있다."고 전문가들은 스마트폰 중독의 심각성에 대해 말하고 있다. 전문가는 청소년의 스마트폰 사용을 비난하거나 강압적으

로 뺏겨나 중지하게 하면 역효과가 발생한다고 한
다. 어른도 빠른 사회변화를 인식하고 적응할 수 있
어야 한다. 그러므로 청소년 자녀의 눈높이에 맞추
어 어른도 스마트폰으로 자유자재로 활용하여 소통
할 수 있어야 한다.

2011년, 진학 상담 선생님의 요청으로 인천의 남
자고등학교에서 요리치료를 하게 되었다. 참가자는
선별적으로 이루어지지 않고 자발적으로 신청한다
고 한다. 나는 참가자가 남학생이었기에 좀 더 신경
써서 준비를 했다. 철저한 활동계획서와 활동방법과
활동순서를 구성하였고 식재료도 넉넉하게 준비하
였다. 본인이 참여하고자 하는 의사가 누구의 권유
나 강요가 아니기 때문에 자발적 신대상자는 매우
열정적으로 활동한다는 장점이 있다. 그러나 강의를
진행하는 나의 입장에서는 대상자의 특성을 모르기
때문에 활동을 진행하면서 특성과 수준을 파악해야
한다는 점이다. 참여자에 대해 인지할 수 없는 것
뿐 만아니라 요리활동을 진행 할 공간에 대해서도
파악할 수 있는 사전 지식이 없다. 흔히 담당자는
'조리실에서 하시면 됩니다. 과학실이 있어요. 프로
그램을 하는 교실입니다. 그냥 교실에서 하시면 안

됩니까'로 알려 준다. 대개는 학교 조리실이나 가사실, 과학실에서 진행이 되며 대부분 오랫동안 사용하지 않은 조리도구와 오랫동안 함부로 사용한 책상(테이블)이 나를 기다리고 있다.

대부분의 남학생은 거칠 것이고 덩치도 산만 하고 행동도 산만하다. 완전 무장하고 쫄지 말아야 한다. 마음 단단히 먹고 매의 눈으로 분위기를 스캔해야 한다. 그들의 언어에 휘둘리지 말 것이며 집중하지 않아도 신경 쓰지 말고 내가 준비한 것에 책임 있게 진행해야 되겠다고 생각했다. 자발적 참여자가 20여명 모여 있는 조리실의 메인에 섰을 때, 나는 나의 선입견으로 무장한 나의 마음자세에 살짝 부끄러워졌다. 남학생들은 평소에 접하기 어려운 요리 수업에 뜨거운 반응과 높은 호기심을 갖고 있었다. "이 시간에는 라면 견과류 땅볼을 만들 거예요." 학생들 앞에는 준비 한 식재료를 소개한다. 라면, 마시멜로, 견과류(땅콩, 아몬드, 호두, 해바라기 씨, 호박 씨, 잣, 건포도 등)로 만들고, 조리도구는 볼, 숟가락, 주걱, 전기 팬, 실리콘 컵, 비닐봉투가 준비되어 있다고 설명했다. 학생들의 까만 머리와 함께 움직이는 반짝이는 눈동자가 내가 이끄는 대로 따라오는 것이었다. '힘들다. 처음이라 어렵다. 서툴다. 뜨겁다. 그냥 먹어도 되는데 꼭 이렇게 해야 되냐' 는 둥 눈과 손이 바쁘게 움직이면서 입 또한 말하랴, 맛보랴 쉴 새 없이 바빴지만 기분은 좋아보였다.

"너네들 땅콩과 호두만 먹으라고 하면 몇 개정도 먹을 수 있을까. 선생님은 너네들에게 견과류를 골고루 많이 먹이고 싶거덩. 그래서 특별히 라면에 견과류를 넣은 이유는 머리 활동하는 데 좋은 견과류를 라면에 넣음으로써, 견과류를 많이 먹을 수 있게 속임수를 부려 보는 거지.. 한마디로 라면으로 견과류를 꼬시는 거야 어때? 좋아 ? 좋으면 박수 쳐야지."

너무나 정숙하게 요리활동을 잘 따르는 남학생을 보니 요리사가 청소년에게 선호 직업으로 뜨고 있음을 실제 현장에서 느낄 수 있었다. 중고등 학생은 인기직종으로 공무원, 의사, 경찰, 회사원, 초등교사, 중등교사, 직업군인, 건축가, 운동선수와 더불어 요리사(쉐프)가 희망 직업 10순위에 포함되어 있었다. 내가 진행하는 요리활동이 요리를 가르치는 시간이 아니지만 학생이나 담당자는 요리 위주로 진행되는 수업은 모두 요리시간이라고 생각하고 있다. 그래서 친구들이 성적과 순위를 매기는 교과목에 치중하지 않는 자유로움과 흥미로움을 채울 수 있는 요리시간이 기다려지는 것이라고 말한다.

나는 여기에 모인 남학생들이 적어도 이 공간 이 시간에서의 자유로움과 흥미로움을 방해하고 싶지 않았다. 눈과 손은 자유롭게 바쁘게 움직이고 입은 쉴 새 없이 흥미로운 것에 대해 말하고 맛보는 것으로 긍정적인 에너지가 가득함을 느끼고 있었다. 나의 눈에 띄는 또 하나의 장면은 상당수의 학생들이 스마트 폰으로 뭔가를 주고받으며 몰입하고 있다. 책상 위에 스마트폰을 올려놓은 채 식재료가 묻은 손으로 터치하기도 하고, 누가 보던 말든 상관 않고 책상 밑에서 두 손을 넣어 스마트폰을 들여다보기도 했다. 그 모습을 보면서 '참으로 이 친구들이 바쁜 세상에 살고 있구나.' 싶었다. 우리 세대라면 수업 전에 폰을 수거하여 다른 곳에 둔다거나, 수업시간에 딴 짓을 한다고 분명 혼나거나 벌을 섰을 것이다. 어차피 요즈음 세대들이 폰이 필수라면 좀 더 효과적으로 활용할 수 있었으면 좋겠다고 생각했다. '지금 하고 있는 모습을 사진을 찍던가, 영상을 찍든가 한다. 그리고 그 중에서 제일 잘 나온 것을 골라서 선생님이 운영하는 카페에 올리고 그에 맞는 이야기와 댓글을 올려 보자고 제안했다. 더 나아가 이 분위기에 맞는 음악도 선곡해서 듣자고 했더니 아이들의 반응을 태양처럼 뜨거웠고 생각은 별처럼 반짝거렸다. 이 분위기가 바로 열광의 도가니라는 말이 어울렸다.

남학생들은 요리도 하고 폰도 한다. 두 가지 일에 몰입할 수 있다는 것은 큰 장점이기도 하다. 치료와 상담에 관련된 공부하기 전이었다면 수업시간에 폰질을 하고 있는 학생들이 못마땅하거나 강압적으로 폰을 수거하였을 것이다. 그러나 이런 광경을 많이 접하고 관련 공부를 함으로 이들이 한심하다고 생각하기 보다는 매스컴에서 연구 발표된 스마트폰의 의존성과 심각성을 내 두 눈으로 똑똑히 확인하고 있다.

"하이, 친구들 대단한데. 어떻게 두 가지 일에 집중할 수 있는지 선생님도 궁금합니다. 아무튼 모든 일에는 집중이 필요하고 맞죠. 공부도, 운동도 게임도 집중해야 재미가 있어요. 집중은 한 눈 팔지 말라는 것인데 지금 친구들이 두 가지 일에 모두 집중 할 수 있는 비결이 뭘까 싶어 선생님이 세심하게 관찰하고 있습니다. 우리 확인해 보자. 두 가지 일에 집중한 후 그 결과물을 보고 확인하는 것 말야. 그러니까 이 시간에 과자 만들기와 폰 만지기 두 가지 일에 어떤 결과물이 나타날지 보자는 거지. 선생님 생각에는 라면 견과류 볼을 만드는 과정을 사진과 동영상으로 남기고 그 모습을 나중에 다시 보는 거. 그러면 두 가지 일에 열중하면서 아름다운 추억을 남기는 거 어때?. 좀 못 생겨도 괜찮고, 우습게 나와도 재미있을 거 같고 친구와 같이 찍어도 좋고 서로 찍어 주면 더 좋을 것이고. 자 ! 선생님의 생각은 다 말했어요. 그 다음의 행동은 너희들의 선택이야 지금부터 시작하세요. 여러분의 선택을 존중합니다."

"와, 내가 만들었어요. 신기해요." "샘, 내꺼 보세요. 잘 만들었죠? 이 정도면 내가 요리에 재능이 있는 거죠?" "그래, 너희들이 만든 거란다." "샘, 다음에 또 했으면 좋겠어요." "너희들이 선생님 또 보고 싶어요~ 외치면 다음에 또 올게." "샘, 또 보고 싶어요." 마지막 회기에 학생들에게 식재료 마시멜로와 연관 된 『마시멜로 이야기』를 해주었다. 이 책에는 마시멜로를 먹고 싶은 것을 잘 참는 아이가 나중에 훌륭한 사람이 되었다는 과학적인 결과가 나온다. 스마트폰 뿐 만아니라 어떤 이끌림과 유혹을 잘 참는 학생이 나중에 성공하는 사람이 된다고 말해주었다. 무조건 참고 하지 말라는 것이 아니라 한 번 더 생각해 보고 자신과의 약속을 지킬 수 있는 사람이 되자는 것이다 그러면 얘들아 너네들 요리 할래 핸폰 할래? "샘! 이라는 요리도 핸폰도 둘다 할 수 있어요. 샘이 둘 다 할 수 있는 방법을 가르쳐 주셨잔아요."

18. 비행(非行)은 비행(飛行)하게 해!

청소년 비행(非行)은 나를 비행(飛行)하게 한다.

나는 두 부류의 청소년을 만난다. 학교에서 만나는 청소년과 학교 밖에서 만나는 청소년이 있다 학교 안에서 만나는 청소년은 상담교사의 주도 하에 wee센터에서 주로 활동을 한다. 학교 밖에서는 지역아동센터와 학교 밖 청소년지원센터와 대안학교 등에서 청소년과의 심리·정서지원을 진행하고 있다. 이들은 어른이 보아 공부 잘하고 바람직한 범생이라 일컫는 학생보다는 흡연, 음주, 성, 결석 등의 비행과 문제행동을 보이는 청소년이 대부분이다.

이들은 비행(非行)이라는 낙인 때문인지 사람들로부터 편견을 받게 되어 더더욱 비행의 울타리에 갇히는 건 아닌지 모른다. 우리나라의 청소년의 학업성취도는 2015년 OECD 회원국(35개국)과 비회원국(37개국)에서 최상위권이지만 행복지수는 매우 낮은 것으로 알려져 있다. 비행 청소년이 생기는 원인의 큰 부분이 경쟁과잉 교육열로 인해 생긴 저조한 행복지수 때문으로 보인다. 따라서 비행 청소년의 문제를 학생에게 돌리기보다 우리 사회와 교육제도, 가정에서 찾아야 하고 근본적인 문제 해결에 나서야 한다고 생각한다. 비행 청소년은 교사의 심한 훈육과 신체적·성적학대, 지도 감독의 소홀과 부재 등에 생기기도 하지만 대부분의 경우 가족의 기능이 제대로 발휘되지 않았을 때 생긴다.

학교 안과 학교 밖의 청소년들은 자기관리 능력을 향상할 수 있도록 훈련의 기회를 제공받아야 한다. 청소년과 관련 된 정보를 연계하고 지원할 수 있는 다양한 서비스 중의 하나가 청소년 심리·정서지원으로 요리치료를 진행하고 있다.

요즈음 청소년의 먹을거리에 대해 생각해 보았다. 가정에서는 부모의 경제적 활동으로 인한 외식문화와 늦은 시간까지 학원과 학업으로 밖에서 끼니를 해결하는 경우가 많다. 인스턴트와 패스트푸드가 바쁜 일상을 채우고 있으며 이들은 학교와 학원에서 제대로 된 식사를 챙기지 못하고 있다고 해도 과언이 아니다. 좋지 않은 음식과 나쁜 식사 환경이 청소년의 품성에 영향을 줄 수 있을 것이다. 그리하여 각박한 생활에서 비행을 저지르게 되는 원인으로 작용하는 것은 아니까 하는 의구심도 든다. 즈가와라 아키코의 『이런 음식이 비행 청소년을 만든다.』에서 정성이 담기지 않은 인스턴트 음식과 부모의 맞벌이로 인해 혼자 식사해야 하는 환경이 아이들을 비행으로 내몬다는 것이다. 일본의 경우 비행 청소년 대다수가 부모가 맞벌이를 하거나 이혼을 해서 혼자 식사를 해온 것으로 밝혀졌다. 또한 저혈당은 짜증과 싸움을 일으키게 하는 원인이 된다면서 아침에 꼭 밥을 먹으라고 권장한다. 무엇보다 놀라운 건 햄버거, 라면 등 섬유가 없는 인스턴트 음식이 변비를 발생시키는데 이 변비가 비행 청소년을 만든다는 것이다. 비행 청소년은 항상 변비로 고생하고 있다고 하면 놀라시겠지만 변비와 비행은 깊은 관계가 있다. 변비가 되면 장 속에 가스가 생기고 그 유독 가스가 혈액에 섞여져 머리로 올라가서 머리가 멍한 상태가 된다. 피의 순환이 나빠져 집중력이 떨어지고 어깨가 결리거나 손발이 쉽게 차가

워져서 침착성을 잃어 싸움을 벌이게 된다. 이렇게 변비는 정신 상태에 영향을 미치므로 섬유가 풍부한 과일과 채소 등을 많이 먹어야 한다고 역설한다.

나는 이런 점에 유념해 청소년을 대할 때 가능하면 인스턴트 음식을 피하고 섬유가 많은 식재료를 이용해 요리치료를 해왔다. 다만 학생들 대부분이 인스턴트 음식에 길들여진 탓에 청소년의 참여도를 높이는 데 어려움을 겪었다. 그래서 초기에는 청소년이 좋아하는 패스트푸드와 인스턴트를 중심으로 활동하기도 한다. 청소년을 대상으로 한 요리치료는 모 복지관에서 했었다. 복지관에서 학생을 위해 마련한 프로그램은 매우 다양했지만 참석률은 매우 저조한 실정이었다. 그러나 요리치료는 참석률이 높았으며 결과물을 만들어 가는 과정에서 만나는 호응과 반응도 놀라웠다.

2009년, 복지관 프로그램실에 들어오기 전에 항상 담배를 피우고 들어오는 중 1 남학생이 있다. 짱으로 통하는 중 1 학생은 몸집이 성인 어른만 했다. 나는 그 남학생에게 어떻게 말을 붙여 볼까 고민했다. 옆으로 지나치면서 "남자의 향기가 나네." 하고 웃으면서 말을 건넸다. 이 말에 학생이 거칠게 나오지 않을까 내심 걱정스러웠고 엄청 마음을 졸였다. 그런데 그 학생이 아리송한 웃음으로 "다음부턴 이빨 닦고 오겠습니다." 라고 예상 밖의 말을 했다. 이 말을 듣는 나는 엄청 놀랐다. "신선한 케이준 샐러드를 만들어보자. " "채소를 많이 먹으면 몸에도 목에도 좋을 거야." 그 아이에게 필요한 것은 엄마처럼 잔소리가 아니라고 생각했다. "아직 어린데 뭔 담배냐, 너, 머리에 피도 안 마른 녀석이야!, 담배는 어른이 되면 피워도 되니까 지금은 피지 마라", "담배 몸에 안 좋다는 것 모르냐" 등의 간섭은 절대하지 않았다. 왜냐하면 주위에서 많은 잔소리를 들었을 것이다. 이 학생에게 내개 해 줄 수 있는 것은 무엇일까? 무관심, 그냥 모른 척 해주는 것일까 고민하게 되었다. 너도 담배 피울 수 있어, 피울 수 있는 거라고 배려를 해 주어야 하는지에 대해서도 고민했다. 고민 끝에 내가 해 줄 수 있는 것은 과일과 채소를 곁들인 식재료를 준비하여 요리를 하게 하는 것이다. 대부분의 학생이 그러하듯 채소와 과일 먹는 걸 좋아하지 않는다. 점차 회기가 진행될수록 첫 만남보다는 말도 잘하고 표정도 밝아졌으며 골고루 먹는 모습도 볼 수 있었다. "선생님, 과일,

채소를 먹으니까 소화가 잘되고 똥도 잘 봐요 히히히"

비행 청소년이라 불리는 이들은 학교는 거의 결석이 많다. 학교생활에서 부적합한 행동으로 문제를 일으키면 복지관, 센터 등의 거점학교에 보내져서 등·하교를 관리 받기도 한다. 학교 밖 아이들이 담당자의 의뢰가 오면 이들과 나 사이에는 불량한 말투와 행동 때문에 첫 만남에서 기 싸움이 벌어진다.

"샘, 돈 받고 오잖아요. 얼른 맛있는 거 먹이고 가세요."

"선생님 여기 올 때 돈 받고 오는 거 맞는데. 니네들이 선생님한테 돈 주는 거야? 아니지. 그런데 나는 요리사가 아닌데 어쩌지. 니네들이 만들어야 되는데 선생님은 어떻게 만드는지 가르쳐 줄 뿐이지. 어때 함 만들어 볼래?" 아이들이 표정이 뭐 이런 강사가 왔냐는 투로 시큰둥하다. "선생님 돈 받고 오는 거 맞는데 여기 말고도 부르는 데가 많고, 선생님 기다리는 친구들이 많으니까 걱정 할 건 없고. 지금 여기 있기 싫은 친구는 나가도 좋아요 그런데 나가면 하기 싫은 것으로 알고 다음부터는 안 기다린다. 그럼에도 남아 있는 친구들은 본인이 선택했으니 지각하지 말고 올 것."이라고 규칙을 전달했다.

아이들은 나를 돈 주면 오는 강사로 쉽게 알고 있었다. 이것은 그동안 외부 강사에 대한 인식이 나쁘게 작용하고 있다는 것이기도 하다. 어른 즉, 부모, 교사, 학교 밖에서 만나는 모든 성인이 그들은 적으로 생각하고 있을지도 모른다. 그래서 언어 전달 방식도 적당히 조절이 필요했다. 고무줄처럼 너무 당기면 접근이 어렵고, 느슨하면 마음대로 하려고 할 것이다. 중 1 학생의 입에서 돈 받고 오므로 우리가 해 달라는 대로 해 주어야 할 것이다 는 무언의 행세는 입이 딱 벌어지게 했다.

어디로 튈지 모르는 청소년에게 '이거해라, 저거는 안 된다' 등의 강압적인 말은 오히려 역효과가 난다. 나는 학생들에게 선택권을 넘겨주었다. 출석 여부에 대한 선택, 활동을 하고 안하고의 선택, 지시에 따를 것인가와 마음대로 할 것인가에 대한 선택을 스스로 하도록 했다. 첫 번째 출석여부에 대한 선택에서 하기 싫은 친구는 나가도 좋다고 하자 거의 대부분이 자리를 지키고 앉아 있었다. 후에 어떤 파란이 일어날지 예상을 하지 못한 채 자리를 지키고 있는 중학생들이 아주 예쁘고 고왔다. 아마도 나는 그 모습에서 할 수 있겠다는 자신감을 얻은 듯하다. 첫 시간은 학생의 입장을 이해하고 무조건 따라가기로 하였다. 4단 샌드위치를 만들기로 했다. 담배를 피우고 거들먹거리는 행동을 하지만 역시나 아이들은 아이들이었다. 다들 재밌게 과일과 채소가 듬뿍 들어 간 샌드위치를 만들었다. 회기가 진행 될수도 나는 참석 학생의 얼굴과 이름을 전부 외웠다. 점점 학생들도 이 시간을 흥미로워 했으며 적극적인 참여가 이루어졌다. 6개월의 긴 시간이 지났다. 15회기 마지막 날에는 학생들과 미운 정 고운 정이 들었는지 모두 눈물바다가 되었다.

　프로그램을 종료하고 3개월 후 나는 대구로 강의를 하러 가던 길에 원주휴게소에서 잠깐 쉬고 있었다. 누군가 뒤에서 "선생님"하고 불렀다. 옆에 있는 아줌마 한 분이 "이곳에서 학생이 선생님을 알아보니, 누군지 몰라도 기분 좋겠다"하는 소리가 들렸다. 누가 이런 곳에서 선생님을 찾지 라고 생각하면서 무심코 뒤를 돌아다보았다. 사실 나를 부를 사람도 없을 뿐만 아니라 내가 아니라고 생각했기 때문에 애타게 찾게 만드는 선생님이 부러웠는지도 모른다. 부러움 반 호기심 반으로 돌아보니 복지관에서 만났던 학생이었다. 내 뒤에서 "선생님"이라는 여운이 맴돈다. 정말 그랬다. 그 아이들을 본 순간 가슴이 뛰었고 흥분되었다. 편의점에서 과자를 사달라고 조르고 나를 호구로 생각한 비행 청소년이지만 나를 비상하게 만들었다.

학생들이 만나는 어떤 형태의 교육이라도 그들에게는 형식적이고 주입식 위주의 틀에서 벗어나지 않는다는 것이다. 나와 만나서 하는 요리치료 프로그램은 기존의 틀을 벗어나고자 노력하고 있다. 우리에게 널리 알려지고 쉽게 구할 수 있는 친숙한 식재료라는 점이다. 그래서 더 자연스러운 진행이 이루어지고 아이들은 이 매력에 빠져드는지도 모르겠다. 우리 모두 아름다운 비상(飛上)을 꿈꾸며 말이다.

19. 마켓에서 장보는 아이

"민수야 선생님이랑 시장보기 할래?" 얼굴에 여드름이 덕지덕지 난 고1 남학생이 눈을 크게 떴다. "저보고 장보기를 하라고요!" 민수는 wee센터에서 요리치료를 받는 학생이다. 민수와 함께 10여 명의 학생들은 폭력을 저질러 학교에서 선도처분을 받아 센터에서 위탁 교육을 받고 있었다. wee 센터에서는 기본적으로 학생들의 등하교를 관리하고 폭력 가해자에 대한 교육을 통하여 학교폭력 피해자의 고통에 대해 경각심을 일깨워주었다. 이와 더불어 전문적인 심리검사에 따라 상담과 치료를 한다. 외부 강사를 초빙하여 특강에 참석하게 하고 봉사활동과 외부활동에 참여하는 등의 맞춤형 통합 프로그램을 운영했다.

소문에 따르면 민수는 일진이었다고 한다. 하지만 요리치료 프로그램에 참석해서는 여느 학생들처럼 진지하게 요리활동을 했다. 민수는 다른 학생이 떠들면 오히려 자신이 나서서 조용하라고 주의를 줄 정도였다. 나중에 그가 나에게 "전 요리사가 꿈이에요" 속 깊은 이야기를 털어놓았다. 3회기, 세 번째의 만남이 이루어진 후 민수를 불러 장을 봐 달라고 요청했다. 요리치료는 제한 된 공간에서 준비된 식재료로 요리활동을 하는 것에만 그치지 않는다. 요리치료는 무엇을 만들 것인가를 정하고 필요한 식재료를 구입하고 조리도구를 준비하는 모든 과정을 포괄한다. 민수는 눈치를 보면서 머뭇거렸다. "특별히 쉐프 자질이 있는 민수가 식재료를 준비해 주면 좋을 것 같은데." "그럼 어떤 요리를 하는데요?" "너, 롯데리아에서 파는 치즈스틱 좋아하지? 이번에 치즈스틱을 만들어 볼까 하는데 어때? 맘에 들어? 맘에 들지." 민수가 씨익 미소를 지었다. "전 한 번도 장보기를 안 해봤어요. 내가 잘 할 수 있을까요?" 민수가 관심을 보였다. "안 해봐서 그렇지. 해보면 어렵지 않아. 학교에서 캠핑 갈 때 마트에서

재료를 살 때와 똑같아. 음, 쉐프가 될 학생은 이런 정도의 일은 능숙하게 잘 할 수 있어야 하지 않겠어?" "저 한번 해볼게요." 나와 민수의 소통은 처음이지만 원만하게 이루지기 위해서 종이와 펜은 필수라고 일러 주었다. 치즈스틱 만들기에 필요한 식재료를 꼼꼼히 적는 것을 보니 걱정했던 것보다 적극적으로 잘 수행하고 있음을 알 수 있었다. "모짜렐라 치즈, 밀가루, 빵가루. 식용유, 그리고 생수. 필요한 분량은 학생 수가 10명이니까 모짜렐라 치즈는 …" 치즈스틱 만드는데 필요한 식재료를 잘 알려주었다. 민수가 적은 메모지를 보니 빠짐없이 잘 적었다. 장보기에 필요한 돈을 주었다. 그는 돈을 받아들고 헤아리면서 히득히득 웃으면서 "잘 할게요" 라고 말했다.

장보기는 청소년에게 사회성 훈련에 좋은 과정이다. 우리나라의 청소년은 부모와 장보기를 해본 경험이 매우 적다. 외국에서도 그럴까? 일본과 미국에서는 텔레비전, 음악 감상과 대화로 부모와 자주 하는 일이 장보기라고 한다. 유독 우리나라의 청소년에게서만 사회성 배양에 매우 좋은 교육적 효과를 가지고 있는 장보기가 외면되고 있는 실정이다. 장보기 역할로 청소년이 얻을 수 있는 것은 무엇이 있을까? 일단 무엇을 만들 것인가(요리명)를 정하고 나면 필요한 식재료를 찾아보고 재료구입에 드는 비용에 대해 생각하는 과정에서 계획성과 계산능력이 향상된다. 일정한 금액으로 장보기를 해야 하기 때문에 비용을 규모 있게 사용해야하고 좀 더 싸게 파는 곳을 알아보는 비용절감을 생각하게 된다. 실제 장보기는 관계에서 이루어진 질서, 규칙 그리고 여절을 배울 수 있는 생동감 있는 현장교육이라고 할 수 있다.

기다리는 일 주일동안 혹시 민수가 장보기를 잘못하지 않았는지 걱정되기도 했다. 그 전날 담당자와의 전화에서 민수가 장보기를 잘 수행했다는 소식을 전해 듣고 기뻤다. 그리고 긴장을 조금씩 풀어도 되겠다는 생각을 했다. "민수야, 잘했네." 칭찬을 했더니 민수가 손을 내밀었다. "여기요." 민수 손에는 영수증과 천원 지폐 두 장과 동전이 있었다. "내가 싼 곳을 알아봤어요. 집 근처는 가격이 좀 비싸더라구요. 그래서 인터넷으로 검색하니까, 조금 저렴하게 파는 곳이 있더라구요. 2호선 지하철에서 가깝고 해서 그곳에 가서 샀어요. 막상 장보기를 해

보니까 재밌던데요." 부끄러워하면서 계속 말을 이어갔다. 요리사가 꿈이라는 민수는 장보기를 즐기면서 한 듯했다. 나는 민수가 자랑스럽게 여기도록 학생들에게 민수의 장보기 역할에 대해 설명해 주었다. 그러나 모두 순한 친구만 참여하는 것이 아니다. 치즈스틱을 만드는 과정에서 한 학생이 거칠게 나오기도 했다. 일등으로 만들고 싶은데 마지막까지 너무 오래 기다리게 되어 짜증이 올라와 분노를 표출한 것이다. 첫 시간에 비한다면 반항적인 행동과 거친 언어가 많이 순화된 편이다.

치즈스틱 하나를 만들기 위해서 밀가루와 빵가루를 입혀야하고 순서, 질서, 규칙을 정하고 스스로 지켜야 했으며 마지막에 치즈스틱 튀기는 차례가 오기까지 기다리는 친구는 앞에 나가 활동하는 것을 보게 하였다. 그들끼리 의논하여 순서를 정하고 기다리고, 자기 역할을 할 수 있도록 하였다. 학생들은 의외로 순수하다. 개별적으로 또는 집단으로 반복적인 활동을 하면서 서로를 배려하고 있었다.

20. 한국의 스필버그를 꿈꾸며

왕따는 당하는 피해자만 어려움을 겪는다고 생각하기 쉬운데 그렇지 않다. 왕따의 피해학생 뿐 만 아니라 가해학생, 그리고 이를 지켜보는 목격자 학생에게도 신체적·정신적 피해는 고스란히 가게 돼요. 즉 왕따의 피해에서 자유로울 수 있는 학생을 아무도 없다는 것이다.”

2013년 왕따현상에 대한 연구로 미국에서 〈올해의 젊은 과학·공학자 대통령상〉을 받은 예일대 김영신 교수는 미국과 한국을 포함해 전 세계적으로 왕따가 만연해 있다고 하는데, 왕따 피해자, 가해자, 왕따 목격자 3자가 모두 나쁜 상황에 빠진다고 한다. 또한 왕따를 당하는 학생은 불안, 우울, 불면증, 자살, 등교거부, 자존감 저하, 성적저하, 대인관계 공포, 외상 후 스트레스증후군 등을 겪게 된다고 한다. 왕따 피해자의 고통은 학창 시절에만 그치지 않기에 더욱 그 문제가 심각하다. 성인이 된 후 직장생활을 할 때에도 사람들이 수군거리는 모습만 봐도 '자기를 욕하지 않나?'하는 피해의식을 가진다고 한다.

왕따 가해자는 공격적으로 변해 성인이 되면 범죄 같은 불법적 행동을 저지를 가능성이 4배 증가하고 또 자살 행동이 증가하고, 학교 성적저하, 대인관계 문제, 구직의 어려움, 자존감 저하를 겪게 된다는 것이다. 왕따 가해자 중 40%가 직장 생활을 하면서도 직장 동료를 왕따 하는 것으로 나타났다. 왕따 목격자도 예외가 아니다. 왕따 목격자는 피해 학생을 도와주지 못했다는 죄책감으로 인해 자존감이 떨어지고, 또 우울증, 불안감, 적응 장애를 겪을 수 있다는 것이다. 이처럼 왕따(집단 따돌림)는 두 말할 나위 없이 매우 심각한 폭력이라는 걸 알 수 있다. 왕따는 단순히 언어적 조롱을 넘어서 금품 갈취, 소지품 훼손, 가학적 폭력 등 다양한 폭력 행위로 이루어진다. 학교에서 발생하는 왕따는 언어적, 신체적 폭력으로 연결되어 학교에 대한 등교 거부와 함께 자살로 이어지고 있는 심각한 문제로 등장하고 있다.

왕따는 학교에서 여러 형태로 나타난다. 그렇다면 왕따가 생기는 이유가 뭘까? 가장 큰 원인은 서로의 차이를 인정하지 않으려는 개인이나 집단의 다양성 거부다. 과잉보호를 받고 자라고 또 입시 경쟁 속에서 내몰린 청소년들이 끼리끼리 뭉치고 자신과 다른 성향의 타인을 인정하지 않으려하기 때문이다.

이처럼 왕따를 유발케 하는 우리의 가정과 학교 환경은 하루아침에 바뀌기 쉽지 않아 보인다. 지금 이 순간에도 수많은 청소년이 왕따로 괴로워하고 있다.

선생님의 말씀으로는 "한 학생이 왕따로 심하게 고통을 겪고 있으며, 학교에 나오려고 하지도 않고, 만사 귀찮아하고 모습이 보인다, 담임 선생님으로서 잘 지도하고 싶어도 혹시나 학생이 자살이나 자해 같은 나쁜 결심을 하지는 않을까 걱정된다고 하였다. 그래서 심리치료나 상담이라고 하면 거부하고 학교에도 결석해 버리니까 요리치료는 치료라는 말 빼고 요리하러 오라고 하면 올 것 같아서 나를 초빙했다고 한다. 전문가에게 요리를 하면서 심리치료를 받아보게 하려고요. 이 아이가 무슨 생각을 하고 있는지 궁금해 했다. 일단 무슨 일이든 의욕을 갖고 시작해서 결실을 보게 되면 좋겠어요. 잘 지도해 달라고 한다."

우주 어머니는 가슴을 쿵쿵 치면서 말했다. "우리 집은 맞벌이 가정이라서 딸아이가 이 지경이 될 때까지 몰랐어요. 내 책임이 커요. 하루는 딸아이가 평소와 달리 늦게까지 귀가하지 않았어요. 전화 연락도 안 되고요. 그래서 딸의 방에 가서 책과 노트, 수첩을 살펴보았다가 까무러치게 놀랐어요. 딸의 노트와 교과서 곳곳에 누군지 심한 욕설을 적어놓았어요. 어떤 노트는 찢어져 있구요. 그날 늦게 돌아온 딸아이에게 다그치자, 딸이 왕따를 당한다, 죽고 싶다, 학교 가기 싫다며 울고불고 그랬어요."

다른 폭력에 비해 왕따는 세심히 관찰하지 않으면 모르고 넘어가기가 쉽다. 가정에서는 학생에 대한 관심의 끈을 놓지 말아야한다. 왕따 피해자의 경우 자신이 만든 결과물을 인정받게 함으로써 자존감을 높일 수 있도록 한다. 요리치료를 통해 의사표현을 원활히 하게하고 자기주장을 뚜렷하게 한다.

왕따 가해자에게는 잘못된 생각을 바꿔놓는 활동이 필요하다. '누구에게 주고 싶은가?' '나라면 어떻게 했을까?' '친구는 어땠을까?' 하는 마음을 먼저 읽어 본 후 잘못을 스스로 깨닫게 한다.

가람시(가명) 청소년 상담센터에서 왕따 피해자에게 자존감 향상 요리치료 프로그램을 진행했다. 활동명은 '다 달라요 다름이 인생 카나페'를 만드는 요리치료를 했다. 학생들의 마음을 좋아하는 과일에 담아보기도 하고, 앙증맞거나 큼직하거나 먹음직스러운 카나페를 만들었다. 그 과정에서 학생들은 "엄마를 보면 마음이 아파요", "내 이야기를 들어줘서 고맙습니다.", "만사가 귀찮아요." 등 속이야기를 조금씩 털어내면서 마음의 문을 열기 시작했다.

"세계적인 영화감독 스필버그는 어릴 때 왕따에 시달렸다고 한다. 그의 왜소한 체격이 친구들로부터 따돌림을 당하게 만들었다고 한다. 그는 갖은 핑계로 학교에 빠지는 일이 많았는데 문제아가 된 거란다. 하지만 스필버그는 다른 왕따 피해자와 달랐어요. 그는 자기가 좋아하는 이야기를 꾸미는 데 많은 시간을 바쳤던 거죠. 이렇게 해서 그는 이야기를 꾸미는 재능을 잘 계발해 할리우드를 이끄는 명장이 되었다. 고 유명한 영화감독 스필버그가 왕따 당한 이야기를 들려주었다. 왕따가 나오는 유명한 안데르센의 "미운 오리새끼"도 마찬가지다. 오리들로부터 다른 외모를 가진 백조는 따돌림을 당하지만 결코 그는 좌절하지 않는다. 그는 나중에 자신이 오리들보다 더 우아한 자태를 뽐내는 백조라는 걸 자각하게 된다. 이와 함께 백조는 오리들로부터 부러움을 한 몸에 받는 왕비가 되었다. 왕따 피해자들은 자신의 잠재력을 잘 키워냄으로써 세상 사람들이 부러워하는 '백조'가 되어야 한다.

"결코 용기를 잃지 말자. 지금 힘들더라도 미래에는 여러분이 훌륭한 인물될 거라는 희망을 꼭 붙들고 살아내야 한다. 여러분이 좋아하는 일에 최선을 다하면 한국의 스필버그가 될 수 있을 거라 믿는다. 난 너희들을."

21. 예뻐지고 싶어

"우리 딸 요즘 말썽을 부려서 걱정이에요. 중학교 때는 얌전하고 공부도 착실하게 했는데 고등학생이 되면서 삐뚤어졌어요. 성적도 뚝 떨어진데다가 방안 에만 틀어박혀 지내면서 얼굴 꼬라지도 안 비추는 거예요. 나하고도 대화하기가 싫다는 거 있죠. 대 체, 왜 이러는지 모르겠어요." 방에만 콕 박혀 지내 는 딸에 대해 걱정이 많으신 어머니가 연구소에 오 셨다. 어머니는 방송에 소개된 요리치료를 우연히 보게 되었고 '새롭다' 라는 생각을 하게 되어 한번 와 보고 싶었다고 한다. "tv에서 선생님을 보고 직 접 쓰신 책도 보고 운영하시는 카페와 블로그를 봤 어요. 카페와 블로그에서 청소년이 겪는 정신적·심

163

리적 문제를 요리활동으로 소통하는 모습을 봤어요. 아이를 데리고 정신과에 가는 것은 조금 부담스러워서 망설여지는데 우선 선생님 찾아뵙고 제 딸의 상황에 대해 조언을 듣고 싶고 요리치료를 진행해 보면 어떨가 하는 생각을 하면서 오게 되었네요. 요리치료로 딸의 상태를 좋아지게 할 수 있지 않을까요." "그러셨군요. 무엇보다 요리치료는 요리를 만든다는 활동의 특성상 누구나 친숙하게 참여할 수 있다는 장점은 있지만 단시간에 호전되기를 기대하면 실망이 클 겁니다. 그리고 먼저 병원에 다녀오시는 것을 권유합니다." 이렇게 해서 그 여고생 최이쁨(가명)을 만나게 되었다. 그 여고생은 키 160센티 정도의 보통의 체격에 외모는 평범했다. 그 나이 또래가 흔히 외모에서 오는 스트레스 같은 건 생기지 않을 듯했지만 내 판단이 잘못됐다는 것을 아는데 많은 시간이 필요하지 않았다.

그 여학생은 "제가요, 다이어트해도 살이 잘 안 빠져요. 내 체중은 우리 반 친구들에 비하면 많이 나가는 편이고. 전 내가 좋아하는 소녀시대의 윤아처럼 날씬한 몸매를 갖고 싶어요. 우리 반 친구도 다 아이돌 가수처럼 날씬한 몸매를 선망해요. 그런데 아무리 굶어도 살아 잘 안 빠지는 거에요. 그리고 하체에 살이 많은 편인데 여긴 다이어트를 해도 운동을 해도 한 개도 살이 안 빠져요. 내가 교복 치마를 입으면 하체가 보기 싫어서 스트레스를 많이 받아요." 고민을 쏟아냈다. 이쁨이는 부모님 모르게 남자친구도 사귀고 있었다.

치마를 입은 자신의 모습이 너무나 초라하다고 말하는 이쁨이는 "내가 보기엔 전혀 뚱뚱하거나 살이 쪄 보이지 않는 걸. 아이돌 가수의 몸매는 보통의 학생들이 따라가기가 매우 힘들다고 생각해. 아이돌 가수는 시각적인 외모를 중시하니까, 날씬한 몸매를 유지하기 위해 혹독한 다이어트와 성형수술까지 하는 걸로 알고 있어. 물론 그게 이뻐 보이긴 하겠지만 학생들이 아이돌 가수의 날씬한 외모를 따라가겠다고 하는 건 매우 위험하다고 생각하는데 말야. 우리는 일상생활과 학교생활을 하면서 건강을 잘 지킬 수 있어야 하는데. 매스컴의 연예인처럼 가냘픈 몸매로는 오랫동안 공부하기 위한 체력을 가질 수 없고 또 면역력이 떨어져 각종 질환에 쉽게 노출될 수 있단다." 아쁨이는 '날씬 신드롬'에 빠져 있었다. 정상 체중임에도 불구하고 자신이 뚱뚱하다고 생각하는 비중이 90% 이상이 된다. 심지어 마른 체격의 여학생조차 자신이 뚱뚱하다고 보는 비중도 60% 이상이 된다. 이처럼 잘못된 '날씬 신드롬'으로 인해 여학생은 빈혈, 어지러움, 무기력증 등과 함께, 자신의 신체에 대한 불만족으로 인해 우울증을 겪고 있다. 이 여학생의 경우 신체 왜곡에서 오는 우울증이 분명해 보였다. 많은 청소년이 학업 스트레스, 부모의 기대와의 충돌, 신체왜곡 등으로 인해 우울증을 겪고 있다. 대부분의 가정에서 이를 단순한 기분이나 감정으로 보고 무시하거나 다그치는 경우가 많다. 우울증은 명백히 병이라는 점을 잘 인식해야한다. 극단적인 경우 우울증에 걸린 청소년이 자살에 이르기도 한다.

우울감에 빠진 청소년은 주변에서 아무리 행동을 고치라고 다그치고 충고를 해도 잘 듣지 않는 경향이 있다. 따라서 청소년이 하던 방식대로 하게 내버려두면서 극단적으로 치우치지 않게 하는 게 좋다. 지속적으로 관심을 갖고 다양한 대화 채널로 청소년과 의사소통을 해야 한다. 이쁨이 어머니와의 상담으로 "요리까진 좋은데, 치료라고 하니까 내가 큰 병에 걸린 것 같아서 기분이 안 좋아요. 게다가 전

학교 말고는 줄곧 내 방에서만 지내 와서 낯선 곳에 있는 게 힘들어요. 선생님, 죄송해요." "아냐. 솔직하게 말해서 고마워. 그러면 이쁨이 집에서 요리를 해볼까?" "앗싸! 우리 집에서도 가능해요?" "그럼. 요리는 원하는 대로 바라는 대로 해 주는 게 선생님의 역할이지. 말하자면 참여대상자의 상황과 수준에 따라 다양한 형태로 이루어지고 있거든. 집에서 함 해보자 잘할 수 있겠지?

"선생님이 저를 위해 애써주시니까 저도 노력해 보려고요. "나는 이쁨이가 사는 아파트의 주방에서 요리치료를 했다. 재미를 이끌어낼 수 이도록 칼륨이 풍부하여 신경을 안정시켜주는 시금치를 얹은 피자를 만들기를 했다. 또한 매시간 이쁨이가 최대한 편안하게 활동을 받을 수 있게 분위기를 이끌어 갔다. 그러면서 식재료와 관련된 유래에 대해 이야기를 해 주면서 여러 가지 화제를 자연스럽게 끌어내는데 성공적이었다. 여러 차례 요리치료가 진행되자, 이쁨이 얼굴이 밝아지는 게 확연하게 느껴졌다. 단정하게 차려입은 교복에 종아리를 자신 있게 드러냈다. 어느 새 이쁨이는 자신의 신체에 대한 열등감과 스트레스에서 풀려나가는 듯 했다. 자신을 스

스로 옭아맨 터무니없는 신체 왜곡과 날씬해져야
된다는 생각에서 드러난 우울증도 서서히 사라지는
듯했다.

22. 멘토는 아무나 하나!

'안녕하세요? 저는 수능을 앞둔 고3입니다. 저는 평소 요리를 좋아해서 요리를 전공하려고 대학을 알아보고 있었어요. 그런데 우연히 요리로 치료를 한다는 것을 알고 관심을 가지게 되었습니다. 하지만 우리 학교 진로상담 선생님은 요리치료를 처음 듣는다고 합니다. 내 주변에서 이 분야에 대해 아는 분이 없어서 이렇게 메일을 드리게 되었습니다. 저는 요리를 매개로 치유와 교육을 하는 요리치료가 딱 내 적성에 맞다 고 생각합니다. 저는 평소 내가 만든 요리로 주변 사람을 즐겁게 하는 게 무척 좋았거든요. 근데 요리치료는 단순히 요리를 만드는 것에 그치지 않고 장애인과 일반인을 대상으로 교육 뿐 만아니라 치료와 재활서비스를 한다는 걸 알게 되었어요. 그래서 전 사람들에게 요리를 매개로 교육하고 치료지원을 함으로써 세상을 행복하게 하는 일을 하고 싶습니다. 그런데 아무리 찾아봐도 이쪽을 공부하는 대학교 학과가 없더라구요. 그러면 제가 어느 학과를 가야 요리치료 공부를 할 수 있을까요? 제발 선생님이 제 멘토가 되어 주세요.'

나는 대학 진학을 앞둔 고등학생이 진로에 관련된 메일을 보낸다. 대개는 요리에 관심을 가지고 있으며, 요리를 전공하고 취업 전선에 뛰어 든 선배들을 보니 너무 힘들고 열악한 환경에서 너무 힘들게 근무를 한다는 것이다. 그래서 생각해 보니 요리에 교육과 상담을 접목한 프로그램이 있음을 알고 도움을 요청하는 메일과 전화가 주를 이룬다. 또한 특수교육과 치료분야, 사회복지에 관심을 가졌던 학생이 요리치료에 관한 내용을 접하고 나서 관심을 보이는 경우가 많다. 2018년 현재, 요리치료는 아직 미개척 분야이다. 무엇을 전공해야지 이 분야를 공부할 수 있는지에 대해서도 뚜렷하지 않는 실정이다. 단지 요리는 하나의 매개로 활용될 뿐이며 현장에서 만나는 대상자의 발달과 특성을 파악해야 하

는 공부가 먼저임을 밝히는 바이다, 그래서 진로상
담교사도 빈번하게 상담을 요청해 오는 전화를 한
다.

"한국요리치료연구소 권 선생님이시죠? 전 고3 진
로를 담당하고 있는 땡땡 선생님입니다. 우리 학교
학생들이 어디서 들었는지 요리심리치료사가 되겠
다면서 무슨 과를 진학해야하느냐 상담을 해와서요.
처음에 내가 그런 공부가 어디 있느냐 무시를 했었
습니다. 그런데 인터넷 검색을 해보니 이 분야에 활
동하는 분이 꽤 많이 계시던데요. 그래서 요리치료
를 어디서 배울 수 있는지에 대해 선생님에게 여쭙
고자 이렇게 전화 드렸습니다."

학교 현장의 진로상담 선생님까지 요리치료에 관
심을 가져주시니 감사하다. 그러나 현재로서는 요리
치료를 전공할 수 있는 대학의 학과가 없다. 미술에
치료가 접목된 미술치료도 예전에는 대학에 학과가
없었다. 미술치료사가 되려면, 미술학과에 가야하
나? 특수교육학과에 가야하나? 생각했을 것이다. 바
램은 현실로 다가온다더니 이제는 여러 대학에 미
술치료학과가 생겼고 많은 전공자들이 배출되고 있
다. 어느 덧 요리치료는 2020년 현재 13여 년의 연혁을 가지고 있다. 요리치료가 점차 많은 사람들에게 알려지게 됨에 따라 진로를 결정해야 할 고등학생 사이에서 관심이 뜨거워지고 요리학과와 조리학과 전공생이 특수교육과 상담을 다시 공부하는 사례가 늘어나고 있다. 요리치료는 민간자격으로 등록이 되어 있으며, 나의 20년 동안의 현장 임상경험과 꾸준한 연구는 다양한 대상자와 기관의 특성에 적합한 프로그램을 개발하고 진행되고 있다. 가장 시급한 것은 이 분야의 전문가도 양성되고 있지만 아직 현장이 요구하는 전문가는 부족하다. 빠른 시일에 대학에서 전문가를 길러 낼 수 있는 전문학과가 생겨났으면 하는 바람이다.

2010년, 요리치료에 서 너 번 문의를 해오던 여학생이 메일을 보내왔다. 요리치료사의 길을 걸어가고자 특수학과에 입학했다는 것이다. '오늘 오랜만에 요리봉사를 했어요. 밥 도그 라고 들어보셨어요? 쉬우면서도 재미있는 활동이었어요^^ 사진도 많이 찍었는데 같이 공유하려면 어떻게 해야 되요? 선생님 혹시 기억이 나실지 모르겠는데, 저는 학교에서 요리봉사동아리를 만들어서 요리 봉사를 하고 있다고 했던 학생인데요 기억나시나요? 활동하기

전에 궁금한 거 있으면 묻고 선생님께서 답도 해주
셨는데 ^^저는 지금 고등학교 3학년이에요. 조금
있으면 수시 원서 접수 기간이 다가와요. 저는 대구
대학교 특수교육학과나 초등 특수교육학과에 지원
해 볼 생각 중 이에요. 성적이 조금 부족해서 걱정
이지만 입학사정관 전형으로 도전해볼까 해요^^
응원해주세요!!!. 저 대구대 유아특수교육 붙었어
요.^^ 열심히 공부하면서 선생님 뒤를 따라 요리
치료에 계속 관심을 가지고 활동하겠어요.^^ 좀더
열심히 해서 초등 특수교육 복수 전공 해 볼려구
요.~~~

  이처럼 요즘 고등학생들을 현장에서 그리고 메일
과 손 편지를 통해 만나다 보면 격세지감을 갖게
된다. 예전엔 공부 좀 한다는 고등학생은 의대나 법
대로 진학하는 게 최선으로 여겨졌다. 그런데 요즘
학생은 많이 다르다. 성적이 상위권인 학생도 스스
럼없이 요리사가 되겠다고 하거나 만화가가 되겠다.
게임 개발자가 되겠다거나, 요리에 치료를 접목한
새로운 분야에 스스럼없이 용기를 내어 요리치료사
가 되고 싶다고 한다. 이제는 직업의 귀천보다는 자
신이 하고 싶은 일을 찾는 친구들이 부럽기까지 하

다. 다양한 분야에서 자신의 잠재 능력을 마음껏 발휘함으로써 인정받을 수 있는 다양한 직업의 시대가 된 건지도 모른다.

청소년에게 훌륭한 멘토를 할 수 있는 사람은 누구일까? 멘토는 남의 눈치를 보지 않고 스스로 자신의 꿈을 결정할 수 학생에게 좋은 귀감이 되는 사람을 말한다. 요리치료 분야에 관심이 높고 무조건 뛰어들고 싶은 사람이 자신의 멘토가 되어 달라고 했을 때 나는 나의 부족함을 알기에 창피하고 부끄러웠다. 그렇지만 나는 요리치료에 관한한 한국을 넘어 전 세계적으로 독보적인 위치에 올랐다고 자부한다. 나 권명숙이 있기 전에는 요리치료는 이 세상에 없었다. 나 에 의해 요리치료 분야가 탄생된 것이기 때문이다. 나는 나에게 멘토가 되어 달라 학생의 요청에 따라 요리치료사에 대해 정리를 해 보았다.

"요리치료사는 요리활동을 매개로 정서·심리적, 사회적인 문제를 안고 있는 대상자의 증상을 완화시키고 원만하고 창조적으로 살아갈 수 있도록 역할을 하는 사람이다. 요리치료는 요리도 잘 할 수 있으면 좋겠지만 요리가 전 영역을 차지하지 않는다.

요리치료 전문가는 장애인을 대상으로 활동하려면 특수교육, 치료분야, 사회복지를 두루 공부해야 한다. 일반인을 대상으로 요리치료를 진행하려면 인간 발달에 따른 특성과 상담심리 관련 분야를 섭렵해야 한다. 인간의 전반적인 관련 공부와 특수교육 관련 분야의 공부를 적극 추천한다, 그리고 요리까지 해야 하는 통합의 전문 분야이다. 적어도 이 분야의 멘토가 되려면 이러한 이론을 바탕으로 현장에서 일만 시간이상, 즉 10년의 경험이 쌓여야 누군가의 멘토라 말 할 수 있을 것이다.

4장 . 일상생활이 치유이다.

모두 춤추게 하는 요리치료

23. 엄마의 밥상

"M방송 작가입니다. 이번에 가정에서 살림만 하다가 우울증에 걸린 주부를 대상으로 요리치료를 해주실 수 있는지요? 여러 치료 단체를 알아봤는데, 요리치료가 참 새롭고 독특하더라구요. 그래서 30-40대 주부들이 관심을 갖고 프로그램을 시청할 것 같아서 방송 협조 부탁드립니다." 바쁘게 강연을 하랴, 요리치료를 하랴 시간을 보내고 있을 때였다. 그간 요리치료가 비단 아동에만 한정되지 않고 전 연령을 대상을 한 통합치료임을 역설해왔다. 따라서 주부에게도 요리치료가 대단히 효과적이다. "저를 좋게 봐주셔서 감사합니다. 안 그래도 근래 주부 대상으로 한 요리치료에 각별히 신경을 쓰고 있었어요. 제가 주부이기 때문에 누구보다 주부가 처한 상황을 잘 아는데, 주부에게 요리치료가 매울 효과적입니다." 이런 계기로 모 방송을 통해 우울증에 걸린 주부를 대상으로 한 요리치료가 사람들에게 많이 알려졌다.

우리 주변을 살펴보면 주부들의 상당수가 우울증에 걸려 있다는 걸 볼 수 있다. 주부들은 자신을 버리고 남편과 자식의 뒷바라지에 살림을 도맡아 해야 한다. 게다가 요즘엔 남편과 자식에게 예쁘고 멋있는 엄마로 살기 위해 안으로의 지식과 외모에도 신경을 써야한다. 그래서 40대의 나이에도 탄탄한 몸매를 갖추고 또 싸구려 옷이라도 패션에 관심을 기울여야한다. 이것으로 끝이 아니다. 자투리 시간을 이용해 백화점 문화센터에 등록해 새로운 분야를 배우거나 취미생활을 한다. 주부는 슈퍼우먼이 되어야한다. 그런데 이게 가능할까? 유감스럽게도 현실에서는 어려움이 많을 것이다 그래서 주부들이 스트레스를 받고 복잡한 생활에 좌절하게 되고 우울의 덫에 걸리게 된다. 보통 우울한 감정과 우울증을 혼동하는 일이 많다. 우울한 기분은 커다란 좌절과 슬픔을 겪을 때 나타는 일시적 증상이다. 우울증은 심한 의욕 상실로 인해 장기간 우울한 감정이 지속되는 상태로 정상적인 생활하기가 힘들다.

우울감 또는 우울증에 걸린 주부들이 요리치료를 처음 접하게 되면 오해를 한다. 매일 같이 해오는 음식 장만이라서 질릴 대로 질린 게 요리다. 이 요리를 만들면서 치료를 한다니 선뜻 이해가 되지 않을 터였다. 모 초등학교 어머니 교실에서였다. "허구 헌 날 지지고 볶고, 밥하는 엄마들 모아 놓고 또 무슨 요릴 만들자는 말이세요? 우리 주부들은 주방에서 가능하면 멀리 떨어지는 게 마음이 편한 거에요. 권 선생님도 주부시라면 그걸 잘 아실 줄 아는데요. 아, 혹시 권 선생님은 밖에서 강의만 하시니 집에서 요리를 만들 일이 없는가 봐요." 한 어머니가 의아한 표정을 지었다. "어머니, 전 지금도 매일 같이 집에서 음식을 직접 만들고 있어요. 제가 요리치료사인데 요리를 만든 과정에서 얻는 이득을 누구보다 잘 알죠. 그때 마다 정한 요리를 만들고 나서 가족과 함께 식사를 하면서 요리치료를 하고 있어요. 딱히 격식을 갖추어서 하지는 않지만요."

"선생님은 참 이상하시네요. 그렇다면 요리가 질리지 않으세요? 우리 주부에게 요리 만들기 말고 색다른 게 필요하다는 걸 잘 아실 텐데요. 주부들은 분위기 있는 레스토랑에서 근사한 사람이 서빙 하는 거 앉아서 먹는 게 최고에요. 그게 스트레스 해소에 제일 좋아요. 보아하니 이 시간에 그걸 하긴 힘들 거 같고 그러니 스트레스 해소, 우울증 완화에 좋은 음식이나 알려주세요." 결코 틀린 말은 아니다. 주부들은 단 하루만이라도 여왕이 되어 한껏 꾸미고 외출해서 근사한 식당에서 서빙 받는 게 우울증 해소에 좋다. 일 년 삼백 육십 오일을 자나 깨나 가족들 뒤치다꺼리로 머리가 지칠 대로 지친 주부들은 단 하루만이라도 가정에서 벗어나 맛있는 음식을 대접받는 게 바람직하다. 그런데 오해가 있다. 요리치료는 기존의 푸드 테라피가 아니라는 점이다. 나는 어머니에게 이렇게 요리치료를 설명해주었다.

"요리를 만들고, 또 먹는 활동을 통해 통합적으로 심신의 건강을 증진시켜주는 것이 요리치료다. 앞으로 이 시간에 평소에 만들던 요리를 통해 마음을 나누고 나를 알아가고 타인을 이해하는 시간을 가질 것이며 어머니들과 함께 공유하는 시간을 통해 우리의 가슴에 남아 있는 감정의 보따리를 풀어 헤치기도 하고 다시 꽁꽁 묶는 작업을 통해 어머니의 스트레스의 근원을 해소할 수 있도록 하겠습니다."

이렇게 해서 어머니들이 긴가 민가 하는 마음으로 또 약간의 호기심으로 요리치료가 진행되었다. 우리가 쉽게 만날 수 있는 요리에서부터 유명 제과점이나 패밀리 레스토랑에서 접할 수 있는 요리까지 식재료를 활용해서 만들어 갔다. 만들어 가는 과정에서 어머니들의 관심은 대화와 소통이었다. 단번에 어머니의 관심은 높아졌고 잘 참여했다고 하였다. 이 시간은 자연스럽게 '수다 테라피'가 되었다. 어머니들은 자신의 가슴속에 꼭꼭 숨겨둔 '소녀 감성'을 마음껏 드러냈다. 누군가가 한마디 하면 여기저기에서 깔깔깔 웃음이 연이어 터져 나오는 농담들이 터져 나왔다. 그 다음 시간이 기다려지도록 좋아하는 모습을 볼 수 있었다. 토마토 잼이 완성 됐을 때는 "딸기잼, 포도잼만 만들어봤는데 정말 신기해요."라고 말했고, 터널 샌드위치가 완성 됐을 때는 "바게트 빵이 이렇게 변신할 수 있네요. 이건 야외에 나갈 때 해가지고 가면 아이들이 좋아하겠어요."라고 환호성을 질렀다.

상담실의 딱딱한 형태의 환경이 아니라 오감을 자극하는 요리활동을 통한 심리정서지원과 스트레

스 해소 프로그램은 주부들에게 친밀감 있게 수용
되어졌다. 우울증에 걸린 주부를 대상으로 요리치료
를 할 때마다 '우울증 대처 요령 4가지'를 알려줘
왔다. 우울증 대처 방법은 의사와 관련 센터마다 조
금씩 다른데, 그 가운데에서 효과 만점인 것만을 추
려서 만들었다. 이를 의사처럼 딱딱한 환경이 아니
라, 같은 주부의 입장인 내가 오감을 자극하는 요리
활동을 하면서 알려주기 때문에 주부들은 친밀감
있게 수용한다. 엄마의 밥상은 자신을 위한 밥상 차
리기에서부터 시작되어야 한다는 것을 알게 된 프
로그램이었다.

24. 아버지의 밥상

　명예퇴직, 은퇴 증후군이라는 말이 이젠 낯설지가
않다. 이는 남편의 은퇴로 인해 부인의 스트레스 지
수가 상승하면서 신경이 과민해지는 증상을 말한다.
젊은 시절 밖에서 왕성하게 사회 생활하던 가장은
은퇴 후에는 커다란 변화를 겪는다. 경제권이 부인
에게 넘어가는 것과 함께 신체적으로는 호르몬의
변화로 여성화되어간다. 상황 역전이랄까 부인은 밖
에서 보내는 시간이 길어지고 남편은 집에서 보내
는 시간이 많아진다. 문제는 부인이 남편의 변화를
지혜롭게 받아들지 못할 때 갈등의 싹이 생겨난다
는 것이다. 하루 종일 집에서 지내는 남편으로 인해
부인이 우울증, 불안증, 불면증, 소화불량, 위염, 두

드러기 등을 겪는다고 한다. 더욱이 이 상태가 지속될 경우에는 황혼 이혼에 이르거나 졸혼을 선언하게 된다고 한다.

남편이 은퇴를 하게 되면 상당수 부인은 이렇게 격앙된 목소리를 낸다. "과거에는 남편의 기세에 눌려 내 목소리를 내기가 힘들었지요. 아무리 남편이 나에게 부당하게 대하거나 또 외도가 의심되는 행동을 해도 내가 항변하지 못했어요. 내 자식을 위해서 가정을 유지하기 위해서 나 하나쯤 희생하자는 생각도 있었지요. 그런데 이젠 상황이 확 바뀌었잖아요. 돈 한 푼 벌어 오지 못하는 남편과 많은 시간을 집안에서 지내다 보면 과거에 남편에게 당했던 일들이 떠올라 화를 못 참겠어요. 남편 얼굴만 보면 미칠 것 같아요." 이처럼 남편이 집안에서 부인과 장시간을 지내다보니 사소하고도 다양한 갈등과 문제가 생겨 날 수밖에 없다. 남편의 청춘은 오로지 돈벌이를 위해 직장생활에 다 바쳐졌다. 이런 남편이 은퇴 후에는 갈 곳이 없어진다. 요즘은 은퇴 시기가 40-50대로 앞당겨졌다는 것도 하나의 원인으로 작용하기도 한다.

나는 내가 하고 있는 일의 특성상 주부들을 많이

상대한다. 그러다 보니 주부들이 은퇴 남편으로 인한 고충과 갈등을 털어놓는 일이 많아지고 있다. 요리치료는 남녀노소 모든 연령층과 다양한 직업군을 대상으로 효과적인 교육과 심리정서지원을 한다. 은퇴 아버지에 대한 심리정서 지원과 요리 만들기가 인기 있는 프로그램으로 자리 잡고 있는 실정이다. 처음 은퇴 아버지들의 요리치료 프로그램을 진행하겠다고 하였을 때 참석하기를 쑥스러워했다. 그들은 지긋한 나이가 될 때까지 주방에 한 번도 서보지 않았으며 뚜렷한 직장이 없는 신세로 여러 사람들이 모인 곳에 나가는 게 썩 내키지 않다는 것이 참석을 꺼리는 이유이기도 했다. 그런데 막상 요리치료가 진행되면서 "요리가 재미있다"는 반응과 참석률이 높았다. 중년 남성이 왜 요리를 좋아할까? 남자는 나이가 들어가면서 남성 호르몬이 급격히 떨어지고 여성적인 아기자기한 일이 몸에 맞게 되기 때문이기도 하지만 반대로 부인의 외부활동이 활발해지면서 자신의 먹을거리는 한 끼만이라도 직접 차리고 손수 해결하겠다는 의지이기도 하다.

IT기업에서 근무하다 50대에 은퇴한 아버지는 밥하기, 반찬 만들기, 국끓이기 등 기초적인 음식 만들기에서 상차리기를 직접 한 적이 있다고 하였다. "전 거창하게 특별한 요리를 만드는 것보다는 단지 내 밥상을 내가 차릴 수 있는 정도에 만족합니다. 부인이 부업으로 시작한 카페가 이젠 사업이 되다시피 했어요. 그래서 부인이 항상 바쁘답니다. 그래서 매일같이 부인에게 밥을 차려주라고 말하기도 미안하고 해서 내가 직접 밥을 차려서 먹으려고요. 어느 정도 실력이 늘면 아내와 딸에게도 밥상을 차려볼까 합니다. 빠른 시일에 아내가 귀가하는 시간에 맞춰 밥을 해놓고 기다리는 날이 오겠죠."

건설 회사를 다니다 은퇴한 60대 아버지는 "젊은 시절에는 집 밥을 먹은 게 일 년에 몇 번 안 될 정도로 외지에 나가 열심히 일했어요. 그런 보람으로 60평 아파트 한 채를 가지게 됐고 두 아들은 남부럽지 않게 공부를 마치고 출가를 시켰지요. 그런데 아내에게 문제가 생겼지 뭡니까? 오랫동안 남편 내조와 자식 뒷바라지를 해온 부인이 자궁암에 걸려버렸어요. 다행히 큰 위기를 넘겼는데 이런 계기로 부인과 시간을 자주 대화하고 산책하는 시간을 가지고 되었지요. 아직 부인이 완쾌되지 않아 누워 지내는 시간이 많아요. 그런 부인을 위해 전복죽을 제대로 끓여서 줘보려고 합니다."

　A씨는 요리치료 프로그램에 등록했지만 몇 주가 지나도 나타나지 않았다. 내가 그분께 전화를 걸어 다른 아버지들도 잘 참석해 재밌는 시간을 가지고 있다면 이번 주에는 꼭 참석하시라고 했다. "부인이 나 모르게 신청을 해 놨더라구요. 내가 다른 건 몰라도 이 나이에 웬 요리를 하겠습니까?" "일단 한번 참석해보세요. 그러고도 안 맞는다고 하시면 참석 안하셔도 좋습니다." 그러자 그 분이 그럼 이번에 참석해보고 본인에게 통 안 맞으면 그만 두겠노라고 했다. 그런 뒤 요리치료에 그 분이 참석했다. 사전에 아내와 통화를 해본 결과 인테리어 업을 했던 남편이 손재주와 미적 감각이 뛰어나다고 했다. 그래서 그날, 제과점에서 구입할 수 있는 피자 빵을 만들어 보았다. 처음엔 머뭇머뭇하더니 그분이 본격적으로 요리를 만들게 되자, 요리를 만드는데 집중했다. 다른 아버지와도 격의 없이 대화를 나누면서 세심하게 요리를 만들었다. 그러고 나서 피자 빵을 만들었다. 누가보기에도 신경을 써서 만든 흔적이 역력했다. "잘 만드셨네요. 아버지. 오늘 만든 작품 중에서 최고에요." "와, 내가 이걸 다 만들다니 정

188

말 신기하군요. 그나저나 이걸 싸서 집에 가져가면 아이들이 제과점에서 사왔다고 할 거 같은데요." 그리곤 그분은 요리하는 모습을 동영상으로 찍었다. 다른 아버지들도 처음 참석한 그분에게 칭찬을 아끼지 않았다. 그러면서 "자주 뵈면 좋겠다.", "누구네 집은 아빠 잘 둬서 오늘 맛있는 빵을 먹겠네." 등등 흥겨운 말을 쏟아냈다.

힐링, 치유가 요리와 만나서 힐링 요리라는 말이 생겨났다. 위에 언급한 두 아버지가 직접 만든 요리는 자신은 물론 부인의 마음을 치유하는 힐링 요리이다. 요리를 맛있게 먹어 치우는 것에서 그치는 게 아니라 마음을 전달하고 누군가를 배려하는 마음에서 차려내는 요리이기 때문이다. 아버지의 밥상은 나를 위한 힐링이자 가족을 위한 치유의 공간을 배려하는 것일 것이다.

25. 각양각색 가족사랑

실화를 다룬 "더 임파서블"은 가족에 대해 다시 생각하게 하는 영화다. 크리스마스를 맞아 마리아 벨론의 가족이 태국 휴양지로 여행에서 전 세계를 슬픔에 빠지게 했던 스나미를 만난다. 한 순간에 온 가족은 뿔뿔이 흩어지고 생사 불명이 된다. 큰 상처를 입고 살아남은 엄마는 자신이 죽을지 모른다는 사실에 두려워하지 않는다. 엄마 마리아 벨론은 곁에 가족이 없다는 사실로 커다란 공포에 떨게 된다. 그 주변에 살아남은 어른과 아이들도 항상 곁에서 따스한 교감을 나누던 가족이 없음으로 해서 큰 슬픔에 빠진다. 그러다 기적처럼 하나 둘 가족이 모이기 시작하더니 마침내 엄마 곁에 예전처럼 온 가족이 모으게 된다. 이 영화는 너무나 가까이 있기에 일상에서 간과하기 쉬운 가족의 소중함을 잘 그려주었다. 회사 일로 항상 바쁜 아빠, 매일 잔소리하는 엄마, 늘 티격태격하는 형제가 우리 가족의 모습이다. 하지만 아빠와 엄마, 자녀가 늘 내 곁에 있어준다는 사실이 고마운 일이라는 걸 잊어서는 안 된다는 것을 인식시켜 준다. 영화 "더 임파서블"처럼 늘 곁에 있어 주던 가족의 한 구성원이 사라진다는 사건은 엄청난 충격과 고통을 준다는 점을 잘 상기해야 할 것이다. 영화에서 온 가족과 재회한 마리아 벨론은 이렇게 말한다. "가족의 이름을 부를 수 있는 매순간이 기적입니다."

요리치료를 진행하면서이 영화처럼 가족의 소중함을 알게 된다. 장애자녀의 교육과 치료지원을 위한 요리활동은 장애자녀뿐만 아니라 형제자매 프로그램, 부모 프로그램 등의 가족중심 프로그램을 구성하고 진행하면서 현실적인 접근방식을 체득하게 됨으로서 가정에서 실행 해 볼 수 있다는 높은 효과를 거둔다. 한 인간이 출생과 양육에서 성장에 이르기까지 긴 시간을 가족의 울타리를 벗어날 수 없다. 부모의 가치관과 습관, 성격이 자녀에게 결정적인 영향을 미치기 때문에 가족 요리치료는 언제 어디서나 함께 즐길 수 있다는 장점을 지닌 가족 치유 프로그램으로 자리 잡고 있다.

한 연구 결과에 따르면 가족과 함께 식사를 하면 자녀에게 다음과 같이 영향을 미치고 있다고 밝혔다. 첫 번째는 어휘력이 발달한다. 아이들은 책을 읽고 언어를 습득하는 것보다 가족과 함께 식사를 하면서 어른들의 대화를 들으며 많은 단어를 습득한다는 것이다. 이것은 실질적으로 현장에서 경험의 중요성을 말한다. 두 번째는 스트레스 및 문제행동이 줄어든다. 가족과 자주 식사를 하는 아이는 부모의 애정을 확인하고 유대감을 느낄 수 있으므로 청소년기에 이르러 흡연이나 음주와 비행을 저지를 가능성이 적은 것으로 나타났다. 세 번째는 건강을 유지할 수 있게 해준다. 가족과의 식사는 올바른 식습관을 형성하여 편식이 줄어들며 골고루 음식을 섭취한다고 밝혀졌다. 네 번째는 예절을 배우게 된다. 가족식사는 기본적인 식사예절을 배우는 시간이다. 어른에 대한 공경과 식사 매너를 자연스럽게 습득하게 된다. 가족 요리치료 프로그램은 언급한 네 가지의 이점을 모두 살리는 통합 프로그램이다.

2009년, 5세 남아를 둔 어머니가 찾아와 눈물을 보이며 아들이 어린이집에서 자폐일 가능이 보인다며 병원에 가보라고 했다는 말을 하면서 불안해하는 모습을 보였다. 어린이집 선생님은 이 유아가 공동생활에서 다른 유아와 다른 모습을 발견했기 때문에 병원진료를 의뢰한 것이리라 짐작한다. 사실 나도 2005년 어린이집 보육교사로 근무 할 때 남다른 유아를 알아 봤어도 부모에게 알려 주기가 엄청 힘들었다. 그 사실을 알려 주었을 때 부모님의 반응이 더 두려웠기 때문이다. "동이 아빠는 어떤 분이세요?" "동이 아빠는 직업 군인이에요." 아빠의 직업을 듣는 순간 떠오르는 것이 있었다. "좀 구체적으로 아빠의 성격을 말씀해 주세요?" "아이아빠가 좀 결벽증이 있어요. 모든 걸 한 치 오차 없이 정리해야 해요. 가령 제복 다림질 선이 조금이라도 어긋나면 불같이 화를 내죠. 평소엔 자상하고 그런데 깔끔하게 정리되지 않을 걸 보면 그걸 용납을 못하죠." 어머니의 말씀을 듣고 머릿속이 정리가 되었다. 이런 성격과 습관을 가진 아빠와 자폐성향을 보이는 자녀와의 관계를 생각해 보게 되었다. 아! 동이의 어머니도 참 많이 힘드시겠구나 싶었다. "동이 혼자 요리치료 하기 보다는 가족이 함께 하시는 게 좋을 것 같습니다. 어떤 상황이든 가족의 분위기와 환경이 중요합니다. 굉장한 영향력을 미치게 되지요. 엄격한 아버지와 숨죽인 어머니 사이에 발달이 늦은 동이의 문제까지 겹쳐 가족 모두 스트레스가 많을 거라 생각이 듭니다. 동이를 잘 케어 하려면 부모가 먼저 건강해져야 하고 반드시 건강해야만 오랫동안 함께 하실 수 있습니다."

동이네가 가족 요리치료 프로그램에 참가하게 되었다. 동이 아버지는 첫 시간에는 시간에 쫓겨서 오는 바람에 군복을 입고 참석했다. 아빠는 자녀 옆에서 참관만 할 줄 알았고 요리를 만들 줄은 상상도 못했노라 했다. 이후 5회기 이후에는 시간과 마음의 여유가 보였다. 딱딱하고 경직되어 보이는 제복에서 부드럽고 활기차 보이는 캐주얼 복장으로 바뀌었고 자녀와 비슷하게 입고 오기도 하였다. 동이 아빠의 직업의식에 따른 결벽증과 동이 엄마의 참견은 이러하였다. 자녀가 주도할 수 있도록 사전 설명을 한 후 과자 집을 만들기로 하였다. 먼저 동화책을 읽어 주고 아이들이 좋아하는 과자로 동화 속에 나오는 집을 상상하면서 가족이 재미있게 만들어갔다. 가족활동을 유심히 살펴보니 동이아빠의 결벽증 못지않게 엄마의 성격도 한 눈에 보였다. 엄마는 중간에 자주 참견을 했다. 동이의 생각을 차단했으며 동이가 만들면 부정적인 손 사례를 치면서 다른 것으로 바꾸기도 했다. 이러한 행동은 아이에게 사전에 설명을 해주거나 왜 그렇게 하는지에 대한 이해를 시키는 방법을 모르고 있었다. 가족이 편안하고 자연스러운 활동으로 이어지지 않으니 동이아빠는 팔짱을 끼고 방관 자세를 취하고 있었다.

동이가 생크림의 거품을 올리고 나서 바르려고 할 때였다. 엄마는 "손에 묻어. 이거 내가 해줄게" 했고 아빠는 "다~`묻겠네." 했다. 동이 아빠와 엄마는 동이가 못하니까 무조건 도움을 주어야 한다고 생각하고 있었다. 동이가 작은 자기주장이라도 펼칠라치면 불안감이 얼굴에 나타나면서 지속적인 간섭을 하고 있었다. 동이는 자유롭게 사고하고 활동적으로 수행 할 수 있는 위치에 있지 못했다. 부모의 눈치를 많이 보는 아이였다. "내가 보기에는 아빠와 함께 엄마의 편애도 아이에게 좋지 않은 영향을 끼치는 것 같습니다. 그러니까 아빠와 함께 엄마가 아이가 하고 싶은 데로 마음껏 할 수 있게 기다려 주는 자세를 가져야 합니다. 앞으로 프로그램이 많이 남아 있으니까 드린 말씀을 기억해주세요. 제 말씀 대로 해주시면 분명히 동이가 점점 좋아질 거하고 믿습니다."

2012년, 문경에서 가족 프로그램을 진행한 적이 있다. 먼 길을 가족을 싣고 온 아버지가 있었다. 먼 길이라고 해봤자 1시간 이내로 오고 갈 수 있는 길 이지만 이 곳 사람들은 1시간이 걸리면 꽤 먼 길로 인식하고 있었다. 서울·경기권에서 1시간의 거리는 엄청나게 감사한 거리인데 말이다. 그런데 가족과 함께 온 아버지는 보이지 않았다. 덜렁 가족만 강의 실에 집어 놓고 가버렸다고 생각했는데 차에서 잠 을 자고 있었다. 나중에 아버지가 말씀하시길 피곤 하기도 하고 가족과 어떤 프로그램에도 참여해 본 일이 없어서 쑥스럽기도 하고 자녀와 함께 무엇을 해야 되는지도 몰랐다고 고백했다. 이 아버님의 마 음이 충분히 이해되고 말씀에 동감이 되었다. 평소 에도 아버지와 두 딸은 대면 대면한 사이였으며 대 화가 거의 없다고 하였다. 이러다보니 두 딸과 함께 프로그램에 참여하여 지켜보고 기다린다는 것 자체 가 참으로 어색한 일이었을 것이다.

"가족 프로그램은 온 가족이 모두 참여해야 합니다. 가족 요리치료는 아빠, 엄마와 자녀가 각각 제역할을 분담하게 됩니다. 역할을 수행하면서 결과물을 만드는 과정을 통하여 진정한 가족의 의미를 발견하고 가족의 소중함을 깨닫게 됩니다. 프로그램진행 중에 가족 간의 갈등과 대화 부족 등을 인식하게 되고 긍정적인 방향을 찾고자 노력하는 모습을 깨닫게 되기도 합니다. 그리고 이 과정으로 인해생긴 웬만한 갈등과 문제는 잘 치유될 가능성을 높이기도 합니다." 그 아버지의 가족은 오색 상투과자를 만들었다. 아버지, 어머니, 두 딸이 각자 좋아하는 여러 가지의 색으로 만들어진 상투과자는 마치아름다운 하모니 같았다. 그 하모니 속에서 이 가족은 소통을 통하여 더 행복하고 화목해 질 거라는확신이 들었다.

26. 다문화가정, 같아지고 싶어

　우리나라도　이주여성,　이주노동자,　결혼　등으로
인한 다양한 문화를 접할 수 있는 기회가 많아졌으
며, 이 가운데 언어와 문화가 전혀 다른 나라에서
살던 여성이 한국 남성과 가정을 꾸리고 자녀를 낳
아 가정을 꾸리게 되면서 다문화가정이 급속도로
늘어났다. 이러한 사회적 변화는 다양한 문제를 양
상하게 되면서 전국적으로 다문화가족지원센터가
생겨나게 되었다. 센터에서는 이주와 결혼으로 우리
나라의 문화에 적응이 어려운 외국인에게 우리나라
적응을 위하여 다양한 프로그램을 진행하고 있다.
조사에 따르면 다문화가족은 여러 가지 문제를 안
고 있는데 부부문제 39.2%/ 자녀 문제 13.3%/ 친

인척 문제 8.6%/ 법률 상담 5.1%/ 경제문제 4.3%
로 상담을 요청이 이루어진다고 한다. 이러한 문제
에서도 가장 큰 비중을 차지하는 게 부부문제이다.
부부문제는 자유자재로 구사할 수 없는 언어로 인
한 소통의 문제가 첫 번째이고 각자 다른 문화 속
에서 성장했으므로 문화적 차이에서 오는 이해 부
족 등으로 오해와 불신이 나타나고 있음을 알 수
있다. 문화와 언어의 차이에서 오는 이러한 현상은
우리나라뿐 만 아이라 다른 나라에서도 나타나는
현상으로 다문화사회에서 생길 수 있는 문제이다.
그런데 우리나라에서는 사전에 이를 효과적으로 조
율하고 방지할 수 있는 프로그램을 개발하지 못했
다. 그것은 이주노동자와 이주여성으로 인한 결혼이
급작스럽게 증가한 것도 이유이기도 하다.

  음식, 즉 요리는 다양한 문화의 특성을 잘 나타내
는 매체이다. 다양한 나라에서 얻는 식재료와 조리
도구를 활용한 요리는 다문화를 구성하는 사람이
표현하고자 하는 고유함과 이 땅에서 뿌리를 내리
고 살아야 하는 우리나라 고유의 음식문하를 접목
할 수 있다는 장점을 활용하여 접근 할 수 있다. 이
러한 요리를 매개로 한 요라활동은 다문화 가족에

게 우리나라 고유의 음식문화와 함께 한국인의 정체성을 갖게 하며 서로 다른 문화의 차이를 인정하고 수용하는 태도를 기르게 된다. 좀 더 나아가 그들을 이해하고 수용할 수 있는 심리정서지원을 할 수 있으며 참석률을 높일 수 있는 프로그램으로 인기가 있다. 또한 가족 요리활동은 남편이 아내를, 시어머니가 며느리를, 엄마가 자녀를 좀 더 가까이에서 바라 볼 수 있는 자리를 마련해 주었고 특히 부부가 의사소통의 수단으로 활용되기도 한다. 2010년 **시에서 다문화가족은 한 달에 한번 정기적으로 정서지원 요리치료를 진행했다. 다문화 요리치료는 다른 프로그램에 비해 참석률이 높다. 한 가족의 구성원은 보통 4~6인이며, 10여 가족이 참여한다. 참석 총 인원이 50여명이 되며 그중에서 유모차에 실려 온 아가도 있다. 피부색이 다르고 언어가 다르고 행동과 습관이 다르다 그래서 시끌벅적 장터 같은 느낌이 고 그들은 오랜만에 만나서 반갑고 정겹지만 나는 긴장의 연속이다. 첫 인사로 "안녕하세요." 라고 한국말로 인사하면 "마간당 가비"(필리핀) "싸왓디- 크랍"(태국)"닌 하오"(중국)로 인사한다. 이럴 때 나는 모르는 언어에 기가 죽는다. 물론 이들이 한국말을 모를 리 없다. 그들은 자기네 나라의 언어로 인사를 하면서 어깨를 으쓱해 보인다. 아이들은 장난기 있는 행동으로 서로 질세라 어머니 나라의 말을 사용하면서 에너지를 얻기도 한다. 한마디로 표현하자면 그 시간만큼은 '자유'이다.

필리핀에서 온 결혼이주여성인 그녀는 나이가 많은 한국인 남편을 두고 있었다. "저는 한국 요리에 서툴러요. 남편과 맞벌이하기 때문에 따로 한국요리를 배울 수 있는 시간이 없었어요. 남편의 입맛에 맞게 요리를 잘 하지 못해서인지 남편이 자주 저를 무시 하곤 해요. 저는 이번 시간에 한국요리를 잘 배우고 싶어요. 그래서 이번 추석에 보란 듯이 명절 음식을 잘 차리고 싶어요." 그녀는 김치 만들기는 물론 밑반찬 하나도 제대로 만들지 못했다. 그 여성은 한국 요리를 못해서 명절이 매우 힘들었다고 했다. 한국요리 만들기 프로그램은 매우 유익한 것 같기도 하고 다양한 음식을 만들어 볼 수 있는 기회가 많았으면 좋겠다고 하면서 고마워했다. 외국인 여성과 결혼한 한국인 남성도 요리치료를 통해 얻는 효과가 매우 크다. 단순히 한국 요리에 서툴다며 일방적으로 부인에게 구박을 주던 위치에서 벗어나 남편도 요리를 만들게 되었다. 베트남 부인을 둔 경우는 월남쌈, 필리핀 부인을 둔 경우는 망고 주스, 일본 아내를 둔 경우는 초밥 만들기를 한다. 그녀의 한국인 남편은 아내 나라의 음식과 문화를 알게 되고, 그녀가 한국사회와 문화에 익숙하지 못한 아내의 입장을 이해하게 되면서 어려움을 극복하고 적응하기 위해 얼마나 노력하고 있는가를 직접 관찰하게 되면서 배려와 수용을 할 수 있도록 하였다. 자신이 직접 요리를 만들면서 다른 나라의 음식을 만들어 내는 일이 만만한 일이 아님을 체험하기 때문이다.

무엇보다 부부가 함께 요리활동을 하면서 친밀하게 대화를 나누는 과정에서 사소한 감정의 앙금이 눈 녹듯이 사라진다. 남편은 아내에 대해 "그동안 우리 부부가 괜한 오해를 하고 살았던 거 같아서 내가 미안해집니다. 이렇게 요리를 함께 만드는 시간을 갖는 것만으로도 우리 부부가 더욱 관계가 가까워지는 것을 느꼈어요. 우리 부부의 갈등은 아내의 서툰 요리 실력으로 생긴 게 아니라 서로 차이를 인정하고, 서로에게 다가가려고 하는 자세가 부족해서 생긴 것 같아요. 아내 나라의 요리와 한국 요리를 만들어가는 시간만으로 우리 부부는 서로를 많이 이해하게 되었어요." 말한다. 결혼이주여성에게 가장 어려운 일은 자녀교육이다. 맞벌이로 인한 직장생활은 가정생활을 소홀하게 할 수 밖에 없으며, 서툰 언어와 문화적 차이는 자녀 양육과 교육을 힘들게 한다. 자녀는 소극적인 보호와 케어로 인해 발달이 지연되는 경우가 많으며 성장에 따른 적절한 시기에 자극이 주어지지 못해 언어와 지적장애를 보이기도 한다. 그야말로 장애 아닌 장애는 환경적인 영향을 많음을 알 수 있다. 그러므로 어떤 형태로든 부모교육이 우선시 되어야 한다.

요리치료 프로그램은 다문화가정의 자녀에게는 늘 남들과 다른 외모 때문에 주눅이 들어 있는 마음을 다스릴 수 있다는 점이다. 엄마나라의 요리를 만들면서 엄마를 이해할 수 있다는 점은 가장 큰 효과이다. 적어도 진행되는 프로그램 속에서는 엄마나라의 문화에 대한 자부심과 자긍심을 갖게 되면서 자신감을 가질 수 있다. 우리나라 식문화 중에서 식사예절을 배우게 된다. 이와 더불어 아이들은 요리로 풀어보는 언어교육을 할 수 있다. 식재료 준비에서 용도와 활용방법에 대한 이름을 알아 가고 관련 된 단어에서 문장을 만들고 말해보게 한다. 요리활동 과정에서 흥미로운 예술 활동도 할 수 있다. 월남 쌈을 만드는 경우 마른 라이스페이퍼에 그림 그리기를 하게 된다. 연필, 색연필, 싸인 펜 등 재료에 따라 느낌과 표현방법도 다양한 활동이다. 라이스페이퍼가 잘 부서지기 때문에 힘 조절은 물론 감정조절을 잘 하도록 유도해야 한다. 이들은 도화지가 앞에 놓인 것처럼 라이스페이퍼에 꼭꼭 숨겨 놓았던 감정을 풀어놓는다. 미술치료사이기도 한 내가 그림들을 보고 있노라면 아이들의 마음이 보인다. 다양하게 표현 된 그림으로 아이의 상태와 가족의 상황을 알 수 있다. "엄마 속상해 하지마세요. 내가 옆에 있잖아요." "아빠, 엄마 싸우지 말고 화목하게 살아요." "아이들이 나를 무시해서 학교 다니기 싫어요." 아이들의 속마음이 표현된다.

27. 느그도 늙어!

전업 주부로 치매 환자인 엄마를 모시고 생활하는 어머니를 만났다. "처음엔 설마 했죠. 우리 엄마가 그럴 줄은 꿈에도 생각하지 못했어요. 엄마가 이젠 나를 알아보지도 못해요. 엄마의 상태가 심각해서 식사, 목욕, 기억 등 어느 것 하나 내가 옆에서 돌봐주지 않으면 안돼요. 어린아이처럼 된 엄마를 보면 너무 힘들어요." 그 어머니는 친정엄마로 인하여 우울증까지 왔다고 한다. 엄마를 요양원에 보내려고 하니 경제적인 여유가 없기도 하지만 요양원에 보내는 것이 죄를 짓는 일 같다고 한다.

오랜 기간 동안 은행에 근무 경력이 있는 주부는 현재 시아버지의 병수발 때문에 일을 그만 두었다.

"하루 종일 시댁 아버님을 돌봐야 해서 시집오기 전부터 하던 일을 그만뒀어요. 너무 아쉽지만 어쩔 수 없어요. 저희가 아버님이 물려주신 집에서 살다 보니 힘닿는 데까지 아버님을 간병해야 할 처지에요. 치매가 완쾌되길 바라는 건 불가능하고요 아버님이 살아계실 때까지 정신이 맑아지셔서 건강하게 사셨으면 좋겠네요." 어머니의 표정에서 피로와 스트레스가 역력했다.

나는 치매를 앓고 있는 부모를 모시는 주부들을 만나면서 나 또한 나이가 들어감에 따라 치매를 피해 갈 수 없다는 것을 알았다. 가까이에는 시어머니와 친정어머니가 계셔서 언젠간 나도 어머님을 돌봐야 하는 시간이 올 것이다. 치매 환자는 결코 남의 일이 아니라는 자각이 있었기 때문이다. 그래서 치매예방 프로그램을 구성해 보았다. 이렇게 해서 만들어진 치매 어르신을 대상으로 한 요리치료는 지난날의 회상작업을 통해 흐려지는 기억을 더듬어서 보다 명료하게 하는데 그 목적을 두었다. 이를 통해 기억력 저하를 예방하고 자기 통합성을 유지할 수 있다. 그리하여 스스로 자신의 삶에 대해 강한 의욕을 갖도록 도움을 준다. 이 회상과정은 타인과의 의사소통을 증진하고 자존감과 자아 성취감을 높일 수 있도록 하였으며, 우울과 불안을 감소시키고 가족 간의 갈등을 극복할 수 있도록 하였다.

구체적으로 보면 요리치료는 치매 환자가 뇌를 많이 사용하게 한다. 무엇을, 어떻게 만들지를 사고하게 함으로써, 여러 신경 조직에 혈액이 더 많이 흘러들어가고 새 신경연결 조직이 형성된다. 이러한 요리활동을 통해 소근육(손근육) 운동과 인지적 기능을 향상시킴으로써, 기억력을 되살려 상실감에서 벗어나 성취감을 느끼게 한다. 또한 집단 요리를 통해 협동적으로 참여함으로써 뇌의 자극과 사회성을 증가시켜 인간관계를 유지하고 발전시킴으로써 우울증을 감소시키고 삶의 질을 향상시킨다.

어르신들의 옛 기억을 회상할 수 있는 요리로는 쑥버무리, 화전, 두부만 들기, 약식, 약과, 백설기, 새알수제비, 수제비, 칼국수, 잡채, 콩국수, 부침, 묵무침, 팥죽, 강정 등의 전통적인 요리들이다. 그러나 현장에서 만난 어르신은 인스턴트와 패스트푸드를 선호했으며 한번 쯤 나도 저런 음식 먹고 싶었다고 표현하였다. 요리치료에 쓰이는 식재료는 심장과 뇌에 좋은 재료를 사용해 요리를 만들고 또 먹게 함으로써 건강을 향상시킨다. 혈관을 좁아지게 하는 포화지방이 많은 육류는 피하고, 생선, 견과류에 많은 오메가-3, 지방산이 많은 재료나 비타민 E, C가 많이 들어있는 검붉은 색 과일과 채소, 곡물을 이용하는 게 좋다. 과일을 이용한 화채와 채소를 이용한 나물무침, 옛 기억을 더듬게 하는 화전 만들기와 밀가루 반죽으로 수제비나 칼국수를 만들어 한 끼의 식사로 대체 할 수 있도록 진행한다.

2012년 지방에 있는 요양원에서 치매예방 프로그램 진행과정에서 요리치료 매뉴얼과는 별도로 치매노인의 특수성에 대한 이해와 예방을 잘 숙지해야 했다. 어르신을 위한 추억의 쑥버무리 만들기는 엄청난 반응으로 병원의 담당자도 놀랄 지경이었다. 이 요리를 만들면서 어르신의 기억을 되살리기 위해서 "어르신, 제 손에 든 거 잘 아시죠?" 쑥을 들고 흔들어 보였다. 고개를 돌려서 힐끗 보시더니 이내 반응이 식었다. 지속적인 반응이 오지 않아 반복해서 질문을 던졌다. 조급한 마음을 보이지 않으려고 여유를 가지려고 노력했다. 이번에는 내가 치매 그리고 어르신이라는 특성을 기억해야 했다. 세 번째 질문을 던지자 그때서야 할머니 한 분이 반응을 보였다. "그거, 쑥 아니유." "네 맞아요. 쑥이에요. 이걸로 할머니가 옛날에 아주 옛날에 먹어보셨던 쑥버무리를 만들 거에요. 쑥버무리 좋으시죠?" 또 반응이 없었다. 과연 이 어르신과 프로그램을 잘 진행 할 수 있을까 걱정이 들었다. 치매 어르신은 말을 잘 알아듣지도 못하고 또 말하는 것도 힘들다. 나는 하나의 지시를 할 때마다 여러 차례 반복해서 말하는 것과 함께 몸짓을 총 동원해야 했다. 어르신은 내 몸짓에서 조금씩 내 말을 이해하는 듯했다.

어느 정도 수업이 진행될 때였다. 할아버지 한 분이 초등학생처럼 한 손을 번쩍 들고 "화장실에 다녀와야겠소." 라고 하셨다. 그러자 옆에 있던 간병인이 "할아버지, 방금 화장실 다녀오셨어요. 그래도 화장실 가고 싶으세요?" 그 할아버지는 프로그램실 뒤 쪽에 앉아 있었는데 수업 중에 한 번씩 반드시 밖에 나갔다가 들어와야만 했다. 할아버지가 고개를 끄덕이자 간병인이 할아버지를 데리고 밖으로 나갔다. 치매 환자의 경우 노화로 인해 괄약근의 약해지는 것과 함께 활동량이 적어 요로 감염이 생기기 쉽다. 이로 인해 잔뇨가 많아져 소변을 보고도 다시 소변이 마려운 증상이 생긴다.

그 분들의 특성상 방관자처럼 행동하던 어르신들은 시간이 지나면서 지시를 잘 따라주어 쑥버무리가 완성되었다. 이젠 시식을 할 차례였다. 그러자 한 할아버지가 안 먹겠다고 고집을 부렸다. 또한 한 할머니는 자신이 만든 쑥버무리를 다 먹고 나서는 더 달라고 졸랐다. 기억력도 떨어진데다 뇌 포만감을 담당하는 뇌신경이 손상된 탓이었다. 한 할머니는 쑥버무리를 잘 삼키지 못했다. 옆에 있던 간병인이 사례가 걸리지 않도록 조금씩 입에 넣어주었다. 어수선한 상황이자만 쑥버무리를 먹는 시간도 끝나고 마무리 작업으로 설거지였다. 어르신의 설거지는 내 몫이었다. 나는 구석에 앉아 어르신이 사용한 조리도구를 설거지를 했다. 그때 시식 중에 쑥버무리를 더 달라던 할머니가 내 뒤로 다가 왔다. 혹시나 나를 도와 주시려나 생각하는 찰나 할머니가 내 엉덩이를 걷어찼다. 그 바람에 나는 설거지 등에 얼굴을 처박고 엎어졌고 물에 빠진 생쥐 꼴이 되었다.

어르신을 대상으로 하는 요리치료는 치매에 대한 지식과 더불어 경험이 다양해야 할 필요가 있다. 다른 치료 기법과는 달리 치매 어르신 요리치료는 각별한 준비와 배려가 필요하다. 치매 환자와 대화할 때는 항상 상대를 존중해야 한다는 점이다. 자칫 어르신을 어린아이처럼 대하기 쉬운데 이는 매우 잘못된 태도다. 치매 어르신이 자존감을 느끼고 존중받는다는 느낌을 가질 수 있도록 존중과 배려의 요리치료가 진행될 때 높은 치료효과를 기대할 수 있다.

28. 선상님 사랑해유!

요리치료가 필요한 곳이라면 전국을 무대로 불러 주는 곳이라면 어디든지 가고자 한다. 요리치료를 진행하면서 깨닫게 되는 게 있다. 우리나라에 어르신이 아주 많아졌다는 사실이다. 실제로 우리나라는 1960년대에 65세 이상이 전 인구에서 3%도 안 되었지만 2000대에 들어와서는 7%를 넘어섰다고 한다. 한 연구 결과에 따르면 2020년대에 이르면 노인이 무려 14%를 넘어서는 고령사회로 진입되고 있다. 노인은 사회 구성원의 소수에 해당하지 않고 상당한 비중을 차지하는 사회 구성원이 되었다. 사회복지분야에서는 발 빠르게 다양한 실버사업을 진행하고 있다. 그렇지만 내가 여러 복지관과 센터에서 만난 노인의 현실은 그리 밝지 않아보였다. 대부분의 노인이 소득 상실로 인해 경제적 어려움을 겪고 있었고 신체적으로 각종 질환으로 고통을 겪고 있었다. 그리하여 우리 사회는 노인에 대한 다양한 평생 복지 정책을 펼치고 있다.

"기운이 없는 건 나이 탓 아닌가요? 늙으면 당연히 잠도 줄어들고 식욕도 떨어지는 거지." "남편을 사별하진 십년이 넘었으니 기운이 없는 것도 당연하고말고요." 어르신이 겪는 심리적인 절망감, 우울감과 더 나아가 신체적인 두통, 복통, 위장 장애는 어르신이 겪는 우울증이 분명하다. 어르신 우울증의 원인은 세 가지이다. 첫 번째는 뇌가 노화로 인해 부신피질, 갑상선, 하수체 등에서 분비되는 호르몬이 우울 상태를 만든다. 두 번째는 심리적인 원인이다, 노화가 되면서 성격이 변하기 때문에 스트레스에 대응하는 힘이 약해져서 우울증에 걸리게 된다. 세 번째는 사회적 원인이다. 가족을 포함한 공적 사적 인간관계에서 소외됨으로써 생기는 상실감이 우울증을 만든다.

2010년, 두 할머니를 만났다. 두 할머니는 아들과 손주와 함께 살고 있었는데 소외감이 우울의 원인이었다. 할머니를 어르신 우울예방 프로그램에 서 만났다. 할머니는 "거 있잖우, 스파게티. 포크에 콕 찍어서 돌돌 말아 먹는 국수말이요. 그걸 손녀에게 주니까 우리 할머니도 스파게티를 만들 줄 아네 하면서 너무 좋아 하더라구. 스파게티 때문에 우리 손녀와 사이가 많이 좋아졌다우. 또 다른 요리 그래, 돈가스라는 요리도 이참에 배워보고 싶어요. 우리 손녀가 그걸 어찌나 좋아하는지. 내가 맛나게 만들어서 손녀에게 자랑을 하고 싶어." 또 다른 할머니는 항상 검정 비닐봉지를 가지고 다니셨다. "함께 어울려서 웃고 떠들면서 속 푸는 게 참 좋아. 그래서 맨날 이 시간 새로운 요리를 만드는 재미가 쏠쏠 하더라구. 뭐니 뭐니해도 우리 손주에게 내가 인기 최고라서 좋아요. 손주가 요리치료가 끝나서 할머니가 돌아오면 오늘은 또 어떤 요리를 만드셨어요. 하면서 좋아하더라구." 두 할머니는 얼굴 표정에서 웃음이 많아졌으며 말수도 많아지면서 수다쟁이 할머니가 되어 있었다. 적어도 이 시간 이 공간에서는 즐겁고 행복해 보이는 모습을 볼 수 있었다. 조금씩 서서히 우울증이 좋아지는 것은 아닐까 하는 생각을 하게 되었다. 나는 우울증에 걸린 어르신과 요리치료 프로그램을 진행할 때 어르신의 대화의 상대가 바로 나라는 것을 알 수 있었고 어르신은 긍정적인 말로 위로를 건네면서 소통할 수 있는 누군가를 찾고 있음을 알 수 있었다.

어르신의 강박증은 의지와 간섭을 벗어나 특정한 생각이나 행동을 반복하는 상태를 말한다. 강박증으로 인한 불안증은 조절할 수 있지만 이 강박행동을 중지하면 불안증세가 다시 나타나기 때문에 불합리한 줄 알면서도 그 행동을 반복하게 된다. 강박증을 보이는 할아버지 세 분을 만났다. 전직 공무원이던 나비 할아버지는 (항상 나비넥타이를 하고 오심) 모든 일을 완벽하게 해야 안심이 되었고, 손 씻기와 주변정리는 십여 차례 반복적으로 했다. 완고한 성격 때문에 다른 노인과 잘 대화도 나누지 않았다. 첫 시간에 뵈었을 때 "맛 드럽게 없겠다. 고작 이런 거 만들라고 먼데서 오셨수" 라고 했다. 그런 할아버지가 치즈스틱이 완성되자 표현이 부드러워졌고 마음이 변했다. "요런 건 처음일세. 참 맛나네. 권 강사, 내 아까는 진짜 미안 혀. 우리 담 주에도 뵙는 거죠."

자영업을 하다가 은퇴한 한 할아버지는 항상 메

모지에 강의내용과 설명을 자세하게 적는 습관이 있었다. 강사의 지시에 따라 한 치의 오차 없이 순서대로 진행했으며 옆 사람과 대화를 하거나 담소를 나누지도 않았다. 그분에게서 여유와 웃음을 찾아보기 힘들었다. 마지막 활동이 진행되고 마무리로 대화의 시간을 가졌다. "그동안 어떠셨어요? 어르신이 요리를 해서 권위가 떨어지지 않으셨나요? 요리하는 게 성가시지는 않으셨나요?" 그러자 할아버지가 두 손을 저었다. "이젠 시대가 바뀌었잖우. 남녀노소 누구나 할 것 없이 밥도 하고 반찬도 척척 만들 줄 알아야 해. 나는 매번 새로운 요리를 배운다는 자체가 좋았어. 이젠 난 된장국, 김치만 좋아하는 노인네가 아녀."

전직 교장선생님을 지냈던 할아버지는 수십 년이 된 물건들을 하나도 버리지 않고 보관하고 있다고 했다. 물건을 버리는 일은 있을 수 없는 일이며 언젠가는 사용할 수 있다는 생각을 가지고 있었다. 교장선생님은 엄격하게 규칙과 질서를 중시했던 마음을 조금씩 내려놓음으로써 처음 만났을 때보다는. 웃음과 여유가 많아지는 것과 함께 자주 농담을 던졌다. 마지막 날에 오랫동안 평안하시기를 바래보면

서 90도로 고개 숙여 인사를 드리는데 교장선생님
께서 "선상님, 나랑 와인한잔 하실라우? 우리 제자
가 스승의 날에 선물한 와인이 있는 강사님이 날
잡으셔. 나가 그 와인을 가지고 올게요. 내가 너무
고마워서 강사님께 술 한 잔 대접하고 싶어요. 그동
안 우리에게 매주 맛난 거 가르쳐 주고 또 먹여 주
었잖아요. 또 있지. 싫은 소리 다 들어주고 또 놀거
리도 만들어주니 세상에 이렇게 좋은 프로그램이
어디 또 있을 수 있겠습니까? 나가 강사님께 한잔
하자고 프로포즈하는 거라우. 선상님 사랑해유~"

　세 분의 어르신은 점차 강박신경증이 조금씩 호
전되어 갔다. 어쩌면 요리치료 프로그램에 참석하는
시간에는 어르신 스스로 당신의 결점을 인식하려고
노력하고 있는 것일지도 모른다. 70년 넘는 인생을
살아오신 분들인데 짧은 시간에 어떻게 많은 변화
를 기대할 수 있겠는가, 다만 당신이 살아오신 길을
다시 한번 생각할 수 있는 자리를 마련해 드리는
것 밖에는 어떤 방법도 없었다.

　그 짧은 기간 동안 어르신에게 진행했던 요리치
료 프로그램은 이랬다. 초기에는 단순하고 규칙적인
한 두 단계로 뚝딱 완성되는 요리 -카나페, 샌드위

치, 과일 샐러드, 채소 볶음밥, 고구마 맛탕, 쿠키 등- 를 했다. 어르신이 요리활동에 재미와 흥미를 느끼는 시점부터는 신체적 활동이 많은 요리를 만들었다. 식재료를 다듬고 씻고, 여러 재료를 혼합하는 채소·과일 샐러드와 화전, 스파게티 등을 만들었다. 특히 스파게티의 인기는 높았다. 어르신이 안정적으로 활동에 참여하고 강사의 설명과 지시에 잘 따라올 즈음에 어르신이 생각하는 음식을 만들 수 있도록 하였는데 그야말로 창작 요리이다. 어르신이 만든 요리는 다양한 생각과 느낌의 이야기가 담겨 있었다. 나의 마지막 인사는 "규칙적인 생활 습관을 유지하시고 적절한 운동을 하세요. 과로를 피하고 충분한 휴식을 취하셔야 합니다. 그리고 혼자 계시면 슬퍼지게 되니까 자주 복지관이나 경로당을 가서 담당자에게 프로그램을 만들어 달라고 떼를 쓰세요. 특히 저를 다시 불러 달라고 하시면 아주 좋습니다. 아버님들의 삶이, 생활이 여유롭고 평안하시기를 두 손 모아 소망합니다. 아버지~ 사랑합니다."

5장. 요리치료는 행복이다.

모두에게 힘을 주는 요리치료

방법은 모르지만
함께 하면 할 수 있습니다.
작은 일이지만
스스로 할 수 있습니다.
작은 관심이 큰 용기를 갖게 합니다.

29. 새로운 도전에 흥분되는 일이다

2009년, 여성회관에서 요리치료사에 관련하여 무료 특강을 할 때의 일이다. 나는 요리치료를 해오면서 그 동안 겪었던 일 가운데 마음에 남아 있는 이야기를 들려주었다. 이것은 내가 지도한 한 장애 여학생의 고등학교 진학을 위하여 학교장에게 추천서를 작성한 내용이다. 이것은 장애학생이 지니고 있는 강점을 잘 파악하여 그들이 원하는 곳에서 생활이 지속되기를 바라는 마음을 전달하는 절차이기도 하였다. "저는 한국요리치료연구소의 권명숙입니다. 장애 친구의 치료교육을 20여 년 동안 해 왔으며, 요리를 매체로 하는 특수교육과 치료지원을 시작한 지는 8년이 되었습니다. 그동안 나는 요리치료가 장애인을 치료, 교육하는 데 기존의 다른 치료보다 월등하게 흥미와 호기심, 집중력, 성취감을 높인다는 걸 확인해왔습니다. 이 과정에서 현영을 만나게 되었습니다. 현영은 손으로 하는 활동, 특히 요리 만들기에서는 산만함이 없이 집중력을 보였으며 타인과의 눈 맞춤을 하면서 결과물을 잘 만들어 내는 것을 지켜보았습니다. 다행히 현영은 특수교육과 치료지원의 효과가 많이 나타났으며 현재 고등학교 진학을 앞두고 있습니다. 저는 현영을 치료 해 온 치료사로서 부탁드립니다. 현영이가 장애인이라는 너울을 걷어내 정상인으로서 행복한 삶을 살아가기를 바랍니다. 그러기 위해서는 현영이가 희망하는 조리고등학교에 꼭 진학해야 합니다. 학교와 지역사회 더 나아가 정부와 국가에서 현영에게 힘이 되어 줄 수 있는 것이 무엇일까요? 그건 바로 현영이가 정상인과 똑같이 조리고등학교를 다닐 수 있도록 하는 것입니다. 부디 현영이가 그토록 바라는 고등학교에 진학이 됨으로써 현영과 같은 수많은 장애인에게 희망을 주길 소망합니다."

안타깝게 이 학생은 원하는 고등학교에 진학하지 못했다. 하지만 이를 통해 요리치료로 한 장애인이 크게 호전이 되어 희망을 가지게 되었다는 점과 내가 요리치료를 만난 한분 한분을 성심성의껏 보살피고 있다는 점을 피력했다. "오늘 이 자리에는 주부님들이 많이 참석하셨는데요. 지금까지 내가 요리치료와 요리치료사에 대해 잘 설명해드렸으니까, 관심 있는 분들은 경력단절을 취업으로 연결 할 수 있는 기회가 될 수 있으므로 잘 생각해보세요. 다른 업종과 달리 요리는 주부들에게 익숙한 일이므로 누구나 배울 수 있다는 친근한 장점이 있습니다. 일단 요리치료사가 되시면 보람 있는 일을 하실 수 있습니다." 나는 요리치료사가 고학력 여성이 주부가 되면서 경력 단절이 되어 버린 시간을 고려하여 꾸준하게 시간과 노력을 투자한다면 전문가로 활동이 가능하다는 점을 강조했다. 한 가정의 식생활을 책임지는 주부만이 할 수 있는 일은 식재료와 조리도구를 활용한 요리활동에서 시작하여 점차적으로 교육과 치료지원에 접근할 수 있음은 시대가 요구하는 기능적인 장점이 있음을 알려 주었다. 또한 다양한 사례에서 느끼는 간접적인 체험은 요리치료만이 가질 수 있는 대단한 효과라는 점을 힘주어 말해주었다.

한 시간여 강의가 끝나서, 밖으로 나올 때였다. 한 30대 주부가 나를 불러 세웠다. "선생님, 잠깐 대화하실 수 있습니까?" "네. 궁금한 게 있으세요?" 그 주부는 자신의 속 이야기를 털어놓았다. 자신은 고등학교를 졸업한 후 잠깐 직장을 다니다가 결혼했는데 몇 년 전부터 심한 우울증이 찾아왔다는 것이다. 의욕 상실로 도통 가정 일이 손에 잡히지 않고 남편하고도 늘 다툼을 벌인다고 했다. "그러면 오늘 특강은 누구에게 소개받고 오셨나요?" "아, 내가 동네에 사는 친구로부터 요리치료에 대해 알게 되었어요. 그 친구 아들이 발달장애가 있었거든요. 친구가 아들과 '자연과 함께하는 요리교실'에 다녀오고 나서 아들에게 요리치료를 했다는 거예요. 친구의 말로는 생태교육으로 사계절을 직접 관찰하고 체험하면서 자연에서 얻은 식재료로 요리활동을 했는데 그게 아이에게 무척 좋았다고 하더라구요." 그랬다. 자연과 함께 하는 요리교실은 봄에는 달래, 냉이, 쑥 캐기를 했고, 여름에는 텃밭에서 가꾼 상추, 고추, 쑥갓 따기를 했으며, 가을에는 논에서 벼 베기, 깨 털기 그리고 겨울에는 수확한 곡식으로 떡 만들기 체험 등을 해왔다. 무엇보다 공기 좋고 물

좋은 자연 속에서 요리치료하기 때문에 도시에 사는 부모들의 반응은 매우 뜨거웠다.

"요리치료가 단순히 음식을 먹는 게 아니라는 걸 알았죠. 그랬다가 여성회관 홈페이지에 요리치료 특강이 있다는 공지가 나왔기에 참석하게 되었어요. 막상 특강을 듣게 되니 잘 왔다는 생각이 들어요." "그러셨군요. 도움이 많이 되셨다니 저도 기쁩니다." "선생님, 내가 요리치료사를 해도 될까요? 전 배운 것도 많지 않고요 직장생활 경험도 내세울 게 없어요." "요리치료사는 누구나 될 수 있어요. 주부님도 가능합니다." "저 열심히 해볼게요. 새로운 도전에 흥분돼요." 그 날 만났던 주부는 요리치료에 상당한 매력을 가지고 열심히 공부하면서 보조 활동을 했다. 이를 계기로 잘 보지 않던 다른 분야의 책을 읽게 되었고 공부에 대한 흥미가 생겼다. 현재 이 주부는 대학을 졸업한 후 상담관련 석사로서 졸업을 한 후 상담과 요리치료를 접목하여 강의와 교육을 진행하는 일명 잘나가는 강사가 되었다. 요리치료사에 대한 매력은 아줌마의 마음에 향학열을 불태우게 한 결과다.

잘 나가는 그녀 외에도 요리치료를 통해 인생이

변한 주부가 많다. 에이 주부는 평소 세상에 잘난 사람이 많고 자신의 인생은 좁쌀만 하다고 말하곤 했다. 그런 그녀가 요리치료사가 되고 나서 장애를 겪는 다양한 사람들을 만나고 장애인이 그녀의 시간을 기다려주고 반겨 주는 일련의 변화를 지며 보면서 인생관이 조금씩 변했다고 말했다. "나도 뭔가 해야 할 거 같아요. 말 한마디 못하던 아이도 수백 번 반복한 끝에 "엄마, 배고파요" 라고 말하는 걸 보면 내 자신이 부끄러워졌어요. 신세타령만 할 게 아니라 나도 내 인생의 주인이 되어 내 인생을 책임져야하겠단 생각이 들었어요. 그래야 장애를 가진 분들을 대할 때 내가 더 당당해질 수 있고 또 요리치료사 일도 더 잘 할 수 있을 거 같아요." 라고 힘주어 이야기한다.

모 초등학교 교장 사모님도 그랬다. 결혼 후 죽 전업주부로 사시던 사모님이 봉사활동으로 특수학급 보조교사를 하게 되었는데 그 일이 좋은 의미를 지니기도 하지만 체력적으로, 정신적으로 힘들었다고 한다. 사모님은 나이 때문에 남의 눈치를 봐야했고 사모라는 타이틀도 행동을 부자연스럽게 만들었다. 또한 늦은 나이에 누군가에게 무엇을 배운다는 걸 꺼려했다. 현장에서의 보조교사 경험은 또 다른 꿈을 꿀 수 있는 계기를 만들어 주었으며 요리치료가 장애아동에게 매우 효과가 좋다는 걸 듣고 나서는 내게 찾아오셨다. "내가 아무리 노력해도 아이들 밥 먹이는 게 너무 힘듭디다. 그래서 요리치료로 아이들 특성을 잘 알아서 아이들에게 밥을 잘 먹이고 싶어요. 그러면 아이들과 친해지게 되겠죠. 교장선생님의 사모님이라도 모르는 건 배워야한다고 생각합니다. 내가 나이가 들었지만 남의 눈치 안 보고 요리치료를 잘 배워보려고 합니다."사모님의 용기에 머리가 숙여집니다.

 요리치료사가 되기 위해서는 무엇을 배워야하고 어떤 자질이 필요할까? 요리치료사가 되기 위해서는 인간발달에 대한 전반적인 특성을 알아야 하고 장애유형과 장애 특성에 대한 지식을 알아야 한다. 그리고 요리와 관련 된 분야도 공부해야 하며 사회복지, 치료영역, 상담과 심리에 관련된 지식을 알아야한다. 전문 요리사처럼 요리를 잘 할 필요는 없지만 식재료와 조리도구의 특성과 활용에 관련된 기본적인 특성과 영양, 조리방법을 잘 숙지해야 할 것이다. 상담심리학의 기본 이론, 진단, 분석, 평가 방법, 처치 요령 등을 배워야한다. 요리치료사에 대한 관심이 있다면 요리치료사에게 필요한 자질을 갖추어야 한다. 이러한 자질이 자신의 적성에 잘 맞는지 파악하여 하나씩 채워 나간다면 대상자와 호흡 할 수 있는 자질을 갖춘 요리치료사로 변화될 수 있을 것이다.

30. 요리명문학교 유학생에서
타 직업인까지 관심을 가지는 일

"안녕하세요. 저는 프랑스에서 요리 공부하는 학생입니다. 우연히 검색하다가 선생님의 카페를 보고 깜짝 놀랐어요. 잘 아시겠지만 프랑스는 요리학과는 물론 요리와 관련된 전문학교가 다양하게 있어요. 그런데 권 선생님이 하고 계시는 요리치료는 전혀 없답니다. 원래는 내가 요리학교를 졸업하면 곧바로 유명 호텔에 취직하려고 했었어요. 그런데 요리치료가 너무나 매력적인 분야로 다가와서 꼭 배워야겠다고 결심했어요. 아직, 학교를 졸업하려면 일 년이 더 남았는데, 권 선생님이 조언을 주시면 여기서 부족하나마 요리치료를 공부해보려고 해요." 이 메일을 보낸 여학생은 세계 3대 요리명문학교인 르 꼬르드봉블루 재학생이다. 120년의 전통을 자랑하는 이 요리학교는 맛을 중시하는 것과 함께 요리의 미학적 측면을 강조한다. 요리와 제과 실무교육에서 레스토랑과 호텔 경영 교육, 와인, 미식, 식음 교육 등에 이르기까지 요리에 관한한 세계적인 교육기관이다. 바로 이곳에서 세계적인 쉐프를 목표로 공부하는 유학생이 내가 개발한 요리치료에 매력을 느끼고 있으므로 이 분야를 공부해서 요리치료사를 하고 싶다고 했다. 막상 이 메일을 받았을 때 기쁘기보다는 어리둥절했다 그 이름만 들어도 가슴 설레는 르 꼬르드봉블루의 유학생이 선망하는 요리치료 프로그램이 되었다는 게 믿기 힘들 지경이었다. 나는 그 학생에게 요리치료는 맛과 멋과 더불어 대상에 따라 교육과 치료지원은 물론 영양을 중요시하며 예술분야도 두로 섭렵하는 통합적으로 활용한다고 답해주었다. 또한 요리치료는 장애인의 요리치료에 중점을 두고 있으며 대상자의 유형과 특성에 맞는 프로그램을 개발하고 현장에 적합한 요리치료를 구성하고 계획하는 것은 물론 식재료와 조리도구 준비와 함께 요리 만들기에서 맛보고 설거지 마무리까지 모두 현장에서 대상자가 직접 수행하여야 하는 일이라고 말했다. 세상은 빠르게 변하고 있으며 인간의 가장 기본적인 생존은 삶과 여가와 연결되어 각박한 세상살이를 지속하기 위한 여가와 취미생활로 연결되어 가고 있었다. 이러한 유행을 타고 요리치료는 조금씩 세상 밖으로 고개를 내밀게 되었다. 요리치료가 세상에 알려지게 되면서 요리치료사를 직업으로 선망하는 사람들이 늘어나게 되었다. 그들은 메일과 전화를 보내오기도 하고, 카페와 블로그를 통해 회원에 가입하기도 한다. 혹은 내가 진행하는 강의와 연수에 찾아오기도 하였다.

그들이 말하기를 "요즘 취직이 어렵다, 안된다하는데 그건 잘못된 말이에요. 취직되는 일을 찾지 못했다는 게 옳은 말이죠. 요리치료의 수요가 얼마나 많은 줄 아세요? 요리치료사가 활동할 수 있는 분야가 상당히 많답니다. 이렇게 좋은 요리치료사를 모르니까, 취직이 안 된다, 취직할 곳이 없다 하소연하는 거라고 봐요." 실제로 그렇다. 요리치료를 전문적으로 가르치는 학과는 없지만, 조만간 대학교와 평생교육원에서 요리치료사를 양성하는 전문적인 교육과정이 생길 것으로 믿는다. 현재 요리치료를 접목하면서 진행 할 수 있는 학과는 상당히 많은 편이다. 교육학과, 아동학과, 아동복지학과, 심리 관련학과, 특수교육과, 사회복지학과, 간호 관련학과, 아동교육과, 건강교육과, 청소년 지도학과, 교정학과, 식품영양학과, 미술교육과, 종교철학과, 재활학과, 재활치료학과, 정신과, 소아과, 사회학과, 보건학과, 언어치료학과, 직업재활학과, 예방의학과 등이 있다.

요리치료는 이러한 학과와 관련을 맺으면서 오감을 자극하는 통합적인 요리활동으로 교육, 치료지원, 재활을 수행하는 독창적인 분야로 성장할 수 있을 것이다. 한 마디로 블루오션이다. 요리치료의 수요는 어느 순간 급작스럽게 수요가 급속도로 팽창할 것으로 예상하고 있다. 다른 분야도 마찬가지지만 요리치료 분야도 남들보다 일찍 도전해 전문성을 확보한다면 전문직으로서 자긍심과 보람을 얻을 수 있는 직업군으로 자긍심을 느낄 수 있으리라 생각한다.

요리치료사를 절대적으로 필요로 하는 기관은 의료기관인 보건소, 종합병원, 재활병원 등이며, 종합사회복지관, 장애인종합복지관 및 재활원, 장애인 크리닉, 복지관련 사업체 및 산하재단, 사회복지 관련기관 등이 있다. 또한 교육기관으로 일반학교, 특수학교, 평생교육원, 유치원, 어린이집 등이 있고 각종 심리상담소가 있다. 이처럼 다양한 곳에서 요리치료사는 전문적인 역량을 발휘 할 수 있을 것이며 자질을 향상시켜 전문가로서의 역할을 할 수 있을 것이다. 요리치료사에게 어떤 역할이 필요할까? 요리치료사의 역할은 요리치료사가 중심이 되느냐, 보조자가 되느냐에 따라 다양하다. 요리치료사의 역량에 따라 중심과 보조자로 구분되며 활동대상자의 특성과 가족적, 사회적 배경 그리고 교육과 치료지원 목표, 활동기간, 활동장소 등에 따라 여러 가지 변수에 의해 활동목표가 결정된다.

건축사무실에서 설계하는 직장인이 연구소를 방문했다. 자신이 요리를 너무 좋아해서 요리를 배워보려고 왔는데 그게 아니란 걸 알았다고 했지만 막상 요리치료를 배워보고 나서는 "이렇게 신기한 프로그램도 있네요." 라고 하면서 마인드가 달라졌다고 하였다. 그녀는 직업으로는 건축계를 하지만 자신이 좋아하는 요리를 활용하여 차원이 다른 요리치료를 배우고 나서 요리치료사로 활동하고 싶다고 했다. "야근하는 날이 많고, 늘 바쁘게 살다보니 요

233

즘 활력이 없었어요. 근데 요리치료를 배우다보니, 매일매일 아침에 눈을 뜨는 게 달라지더라구요. 그건 내가 좋아하는 일을 하기 때문이라고 생각해요. 저는 앞으로는 건축사무실의 업무도 계속하면서 주말을 이용해 요리치료사 알바를 해보고 싶어요. 정말, 기대돼요."

조리학과 졸업을 앞두고 취업이 안 된 여대생도 있다. 그녀는 막상 학교에서 공부를 하고보니 육체적으로 힘든 요리사는 하고 싶은 마음이 없다고 하였다. 그 대신 요리와 교육과 치료지원 서비스가 어울려 요리치료사에 대해 관심을 가지게 되었다고 한다. 그녀는 요리치료사라는 새롭고 흥미로운 분야의 길을 걸어가게 매우 신비롭다고 했다. "아무래도 저처럼 몸이 허약한 여성이나 몸을 많이 쓰는 일을 싫어하는 여성에게 요리치료사가 딱 인거 같아요. 이 일을 하게 되면 내가 좋아하는 심리학 관련 책을 꾸준히 볼 수도 있고 또 요리치료 프로그램 개발에 대한 연구를 계속 할 수 있어서 좋은 거 같아요." 라고 말했다. 그러나 우리가 하는 일은 몸이 허약하거나 움직임을 싫어하는 여성들이 선호할 만큼 부드럽고 쉬운 일이 아니다. 요리치료는 심신

234

의 에너지 소모가 엄청나다는 것을 강조하여도 그들이 직접 경험해 보지 않은 일은 소귀에 경 읽기 격이니 어떤 일이든 경험이 살아 있는 교과서라는 것을 깊이 깨닫는 계기가 되었다.

내가 가끔씩 손님 접대로 찾는 카페가 있다. 그곳에서 알바 하던 여성은 서울 소재의 여자대학 인문대학 출신이다. 졸업 이후 취직이 안 돼 당분간 알바를 해오다 어느새 서른을 코앞에 두었다고 하였다. 이 카페를 드나들며 얼굴을 익힌 여학생에게 "공부도 할 만큼 했는데 여기서 계속 알바만 하긴 아깝네요." "저도 고민돼요. 당분간하기로 했던 일인데 어느새 이 일이 직업이 돼버렸어요. 딱히 다른 일을 할 수 있는 여건도 없구요." 이렇게 말하는 그녀의 얼굴은 수심이 가득했다. "예전에 내가 건네준 요리치료에 대한 리플렛은 잘 봤나요?" "네, 아주 좋은 거던데요. 인터넷 카페에도 몇 번 둘러봤었어요." "한 번 요리치료사가 되어 보는 게 어때요? 내가 유심히 지켜봤는데 손님에게 친절하고 항상 웃음을 잃지 않는 모습이 보기 좋았어요. 요리치료사의 특성상 다양한 사람들을 대하기 때문에 지선님이 잘 할 거라고 봐요." 현재 지선님은 요리치료사로서 선생님의 역할을 어느 누구보다 열심히 하고 있다. 그녀는 예전에 자신이 취직하기 바랐던 직장은 접어두기로 했다. 그녀는 이 일에 자부심을 크게 가지고 있다. 이 외에도 수많은 분이 있는데 여성이 대부분이지만 남성도 빠질 수 없다. 조리학과를 졸업하고 조리학과 시간강사를 하던 그분은 나와의 인연으로 인해 요리치료사 교육과정을 이수한 후 아동요리와 관련된 동영상 강의를 하고 있는 중이다.

요리치료사의 역할은 다음과 같다.

첫 번째는 요리치료사는 지도자가 되어야 한다. 요리치료의 원리를 알려주고 효율적으로 이끌어가는 리더십이 필요하다.

두 번째는 요리치료사는 동반자가 되어야한다. 활동대상자와는 수직적인 관계보다는 함께 대화하고 눈높이를 맞추는 것이 필요하다.

세 번째는 요리치료사는 친절한 안내자 되어야한다. 활동대상자에게 수동적으로 도움을 주는 역할에서 벗어나 적극적으로 활동할 수 있도록 안내한다.

네 번째는 요리치료사는 교사가 되어야한다. 어려

운 활동은 쉽게 이해할 수 있도록 구성하여야 하고 활동대상자 스스로 하고자 하는 의욕을 잘 살려 주어야 한다.

다섯 번째는 요리치료사는 촉진자가 되어야한다. "잘 만들었어요.", "네가 제일 만들었어요." "훌륭한 작품을 만드셨네요." 와 같은 긍정적인 칭찬과 격려로 이해하고 공감하여 편안하게 활동 할 수 있도록 한다.

여섯 번째는 요리치료사는 동료 역할을 해야 한다. 활동대상자와 친밀한 관계를 형성하고 사회성에 관련된 문제를 파악하고 함께 참여할 수 있도록 한다.

31. 통합적으로 접근하자!

요리치료는 내가 운영하는 카페와 블로그를 통해, 그리고 입소문을 통해 여러 기관과 센터 등으로 퍼져나갔다. 방송국에서 촬영 협조차 전화가 온다거나, 요양기관과 병원에서 요리치료를 진행해 보고 싶다거나, 기업 내 직원 심성 교육에 요리치료사를 파견해달라는 일이 조금씩 늘어나고 있었다. 기존의 직업에서 요리와 상담, 치료를 보태서 타 영역의 전문가가 현장에서 활용하기 위하여 요리치료를 접목하겠다는 바람을 전해 올 정도로 조금씩 인식이 되어 가고 있다.

가장 관심을 가지고 있는 분야는 조리전공자, 사회복지사, 그리고 경력단절의 주부들이었다. 타 영역의 전문가들이 요리치료를 배우겠다는 건 그만큼 요리치료의 효과가 입증되었다고 봐도 무방하지 않을까? 어느 분야건 자신만의 독특한 콘텐츠와 프로그램이 대단하다고 떠벌리기는 쉬워도 그 분야의 전문가가 먼저 알아보고 인정해주는 것은 찾아보기 힘든 일이다. 요리치료는 타 분야의 전문가가 한번쯤은 하고 싶어 하는 영역임을 인정해 주고 있다. 학교에서 근무하는 영양사와 조리사들이 본업 외에 방과 후 요리 수업을 하는 일이 많아졌다. 이들은 학교에서 아이들과 함께 한 경험과 근무 경력이 있으므로 자신이 가장 잘하는 요리를 위주로 아이들의 반응에 공감하고 활동의 결과물을 만드는 과정에서 학교생활에 대해 이야기를 나누는 일을 한다. 전공을 살려 아이들에게 요리를 만들게 하고 먹이는 일은 세상의 어떤 일보다도 보람 있는 일이라고 말한다. 한 가지 부족한 점이 있다면 요리를 만드는 과정에서 아이들의 특성에 맞는 교육과 치료 지원을 해 줄 수 있는 이론과 현장 경험이 전무 하다는 것을 잘 알고 있었다. 그들은 말한다. 그들이 진행하는 요리수업은 재미있게 만들과 맛있게 먹는 단순 활동으로 취미와 여가시간을 활용하는 것이다.

요리수업에 참가하는 아이들을 위해 식재료와 조리도구는 어떻게 준비해야 하며 활동과정에서 아이들의 마음을 어떻게 이해하고 공감해 주어야 하는지에 대해 실질적인 공부가 필요하다는 것을 인식하고 있었다. 이런 현실에 대해 문제의식을 가진 영양사 선생님이 나에게 요청을 해온다. "권 선생님의 요리치료에 대해 잘 알고 있습니다. 저희가 대학교 다닐 때 그쪽으로 배웠더라면 좋았을 걸 하는 생각이 들었어요. 지금이라도 요리치료 잘 배워, 아이들에게 영양이 듬뿍 들어간 요리를 직접 만들고 함께 나누어 먹을 뿐만 아니라 아이들의 다양한 욕구와 마음을 잘 파악해, 치료와 교육, 재활에 도움을 주고 싶습니다."

모 시립 병원에서 근무하는 50대 남성 조리사는 이렇게 말했다.

"저희 병원에는 환자들에 맞는 요리 매뉴얼이 있습니다. 이게 하루아침에 만들어진 게 아니라 수 십 년 동안 운영해오면서 환자의 특성에 맞게 먹기 좋고 영양도 좋은 걸 고려해 만든 거예요. 어르신들은 두말 할 것도 없이 수제비, 국수, 된장국, 찌개 등으로 짜여있지요. 그런데 요즘 어르신은 예전부터

드셨던 음식만 찾는 건 아니에요. 어르신들도 젊은 친구들이 즐겨 먹는 스파게티, 쉐이크, 샐러드 샌드위치, 과일주스, 치킨, 피자, 햄버거 등을 얼마나 좋아하는데요. 그래서 어르신에게 이런 음식을 해 드려야 하는 것은 아닌 가 고민하고 있었는데 마침 권 선생님이 이런 걸 미리 하셨더라구요. 어르신이 색다른 요리를 만들고 먹으면서 치료지원을 하는 건 정말 좋은 프로그램 같아요. 제가 선생님의 연구소에서 요리재활사(요리치료사가 치료라는 것으로 등록이 되지 않아 요리재활사로 민간 자격등록) 교육과정을 이수한 후 병원 어르신에게 활용해 볼 생각입니다. 많이 도와주세요."

복지관에서 근무하는 여성 사회복지사는 기존의 프로그램에서 벗어나 아이들이 참여율을 높일 수 있으며 교육적으로나 치료적으로 효과가 높은 프로그램을 찾고 있었다. 그녀는 요리가 복잡하고 어수선하고 번거롭지 않을까? 주방이 갖추어져야 하나? 조리도구는 어떻게 준비해야 하나? 식재료 준비 비용이 많이 들지 않나? 대상자가 직접 다 만들 수 있을까? 등 처음의 두려움과 불안감을 해소하기 위해 하나에서 열까지 꼬치꼬치 캐물었다. 그랬던 그녀가 내가 진행하는 요리치료 수업을 참관한 후 '아 이거구나!" 마음을 굳혔다고 하였다. "놀라워요. 아 이들이 이렇게 얌전하게 수업을 따라하는 건 처음 봐요. 게다가 요리치료 수업의 과정 하나하나가 치 료 교육적 효과를 가지고 있으니까 정말 좋은 것 같아요. 유아, 아동은 물론 중·고등학생과 성인, 어 르신들에게도 활용할 수 있다는 게 큰 장점으로 보 여요."

다양한 분야에서 전문적인 자신의 본업만으로도 충분히 명예와 지위를 유지할 수 있는 영위할 수 있음에도 이들이 요리치료를 배우는 이유는 단 하 나이었다. 언제, 어디서, 누구이던지 식재료와 조리 도구를 활용한 요리치료의 인기는 높았고 활동 후 의 효과는 입에서 입으로 전해지는 것을 직접 느낄 수 있었다. 요리치료는 지금 이 순간을 살아내고자 하는 많은 이들에게 생존의 의미뿐 만 아니라 삶의 행복 추구를 도모할 수 있는 매체로 인식되고 있었 다. 또한 장애인과 소외 계층에게는 재활의 의미와 자활의 의지를 담아내는 통합접근이 가능하다는 것 을 뚜렷하게 나타났다. 수많은 치료지원 서비스가 전체 영역에서 부분적인 한 기능의 교육 효과를 달성하고자 한다면 요리치료의 통합적 접근은 대단한 장점임을 지니고 있음을 알 수 있었다.

식재료와 조리도구를 활용한 요리활동은 놀이, 미술, 음악, 언어, 작업, 인지학습, 사회성훈련, 자립재활의 통합적인 교육과 치료지원의 효과를 나타내고 있다. 여덟 개의 영역에서 나타나는 요리치료 효과는 오랫동안 임상 현장에서 경험과 체험을 통해 얻어진 결과이다. 유아에서 아동, 청소년, 성인과 어르신 그리고 장애인을 대상으로 진행하면서 매체의 친밀감은 누구나 관심을 가질 수 있도록 하였으며 남녀노소와 장애인의 접근성을 높였다. 요리활동의 결과물을 먹을 수 있다는 것은 치료효과를 높일 수 있는 강점이기도 하였다. 인간의 생명을 유지 할 수 있는 유일한 방법이 먹는 일이라면 요리치료의 탁월함은 말로 표현하지 않아도 느낄 수 있을 것이며 다양한 영역의 전문가가 그들의 분야에서 활용할 수 있도록 구성한다면 현장에서의 요리치료의 효과는 배가 될 것이라고 믿는다. 앞으로 사회 각계 여러 전문가가 요리치료를 접목하여 조금이라도 우리 사회가 건강해지고 행복해지길 바라는 마음을 담아본다.

32. 나의 동반자는 누구입니까?

　한국요리치료연구소의　소담한　역사는　2007년부터 시작하여　2020년을　넘기면서　햇수로　14년에　이르 렀다. 이　외롭고　힘든　길을　함께　하겠다고　요리치료 하는　요리재활사　민간자격을　취득하고　현장에서　열 심히　뛰고　있는　동료가　많이　탄생하고　함께　모였다. 그동안　많은　분들이　요리치료라는　새로운　분야에 대한　관심과　함께　특수교육과　치료지원　서비스에 대한　효과에　매료　되었다. 이들은　처음　장애인　특수 교육과　치료지원이라는　툴을　접하는　경우도　있지만, 대부분은　기존에　진행되고　있었던　오래　된　치료의 기본을　접한　경우도　있었다. 그러나　초창기의　멤버 들은　특수교육과　치료지원의　기본　개념보다　주부로,

엄마로, 조리사 또는 요리를 좋아한다고 요리에 방점을 두고 모인 사람이 대부분이었다.

장애유형과 특성을 알아야 하고 인간의 심리와 정서지원을 바탕으로 하는 미술치료, 음악치료, 놀이치료, 독서치료, 원예치료 모래놀이치료, 동물매개치료, 이야기치료, 글쓰기치료, 시치료 등 현장에는 무수히 많은 치료지원 서비스가 이루어지고 있었다. 기존의 치료지원서비스를 진행하고 있는 선생님들은 요리치료에 대한 접근의 용이성과 매체에 대한 친밀감에 대한 탁월함에 대해 요리치료를 접목한다는 자부심은 대단하였다. 요리치료가 지니고 있는 수많은 이점과 장점은 방과 후 요리치료 진행 과정에서 선생님들의 이야기에서 느낄 수 있었다.

"요리치료의 장점은 너무 많지만 그래도 줄여서 이야기 한다면 열 두 세 가지 정도로 말할 수 있어요. 첫째, 감성을 향상시킬 수 있어요. 요즘 IQ대신 EQ가 중심되고 있잖아요. 둘째, 시각, 청각, 후각, 미각, 촉각의 오감을 만족시켜요. 그 어떤 치료지원 서비스도 이렇게 오감을 충족시키는 것은 없어요. 셋째, 창의성을 향상시켜요. 활동 대상자가 만들고 싶어 하는 요리를 상상력을 발휘해서 만들 수 있게 하고 그 과정에서 창의성이 생기죠. 넷째, 성취감을 향상시켜요. 활동대상자는 요리라는 결과물이 완성되었을 때 만족감과 성취감을 느끼게 되지요. 다섯째, 집중력을 증진시켜요. 활동대상자는 요리를 하기 위해 준비된 다양한 식재료와 쉽게 만져 보지 못한 조리도구에 호기심을 가지게 되면서 쉽게 빠져 들어 요리를 만드는 전 과정에 집중하게 된답니다. 여섯째, 기초학습능력이 향상돼요. 활동대상자가 식재료와 조리도구를 알게 되고, 활동방법과 활동순서를 기억하고 말하고, 관련 동화를 읽기도 합니다. 활동대상자의 연령과 특성에 따라 기초 학습의 수 개념을 익히고 나아가 경험과 체험을 통한 변화를 관찰하고 상상, 추측, 예측 할 수 있는 창의적인 힘을 얻게 되지요. 활동대상자는 요리치료의 전 과정을 기억하고 그림 또는 글을 쓰게 하고 발표도 합니다. 일곱째, 신체기능이 발달돼요. 요리활동은 결과물을 만들어 내기 위하여 대근육, 소근육의 조화, 뇌와 신경회로의 손의 협응력과 조화를 통하여 신체기능을 향상시켜 잘 할 수 있죠. 여덟째, 사회성이 증진돼요. 여러 사람들과 어울려 요리치료를 하면서 원만한 의사소통을 할 수 있죠. 아홉째,

흥미와 호기심이 폭발해요. 활동 과정에서 일어나는 현상이 왜 생기는 걸까? 하고 질문이 많아지기도 하지요. 열 번째, 탐구력과 창의력이 좋아져요. 활동대상자는 식재료의 조리방법과 과정에서 깊이 생각하고 세심히 관찰하게 되죠. 열한 번째, 표현력이 향상돼요. 식재료를 활용하여 그리기, 꾸미기, 붙이기, 오리기, 섞기 등으로 다양하게 표현할 수 있죠. 열두 번째, 올바른 식사습관과 식사예절이 이루어집니다. 활동대상자가 직접 요리를 만드는 체험은 잘못된 식습관을 고치는 데 도움을 줄 수 있죠. 식탁 차리기를 비롯한 식사예절은 질서 의식과 공동생활을 배울 수 있죠."

이와 같이 교육과 치료지원 서비스의 효과를 가진 요리치료는 앞으로 더 많은 학교와 기관에서 요구가 생겨 날 것이다. 하지만 현재까지 나는 순탄한 꽃길만을 달려온 게 아니다. 지금의 한국요리치료연구소가 있기까지에는 말로 표현하기 힘들 만큼의 우여곡절이 있었다. 오래 전의 일이다. 지방의 평생교육원에서 자격과정 요청이 있었다. 그 당시 평생교육원에서의 요리치료 강의는 처음이었다. 다른 것도 아닌 내가 최초로 요리치료 프로그램에 대해 강의를 하게 되니 감개무량했다. 그런데 막상 강의를 시작해 보니 현실은 상상과 크게 달랐다. 교육생들의 결석이 많았으며 강의에 대한 자부심과 책임감이 흐릿해지면서 즐겁지 않았다. 그래서 강의를 듣지 않고 자격증을 발급하라고 하면 안 된다고 규정에 대해 강력히 설명을 하였더니 교육원 관계자가 나를 불렀다. "평생교육원에서 공부하는 주부, 직장인이 이렇다는 거 잘 아시잖아요? 너무 빡세게 하시면 곤란해요. 수강하는 분에게는 모두 자격증을 주셔야 되는데요." 나는 그 요구를 일언지하에 거절했다. 요리치료를 제대로 공부를 하지 않고 자격증만 받아서 지역사회에서 활동을 할 것을 생각하니 아찔했다. 교육 현장에서의 기본은 책임감인데 출석률이 저조한 분이 성실하게 요리치료사로서 역할을 할 것이라는 기대를 할 수 없었다. 나는 내 의지를 굽히지 않았고 출석률 미달인 분에게는 자격증을 주지 않았다. 이로 인해 보기 좋게 평생교육원에서 잘리고 말았다.

그 당시에는 서울경기권이든 지방이든 요리치료의 한 강좌가 무엇보다 절실할 때였으니 평생교육원에서 잘린 건 가슴 아픈 일이었다. 하지만 곰곰이 생각하면 성실과 책임을 중시했던 원칙이 요리치료의 근본을 이루게 되었다고 생각한다. 그 때 누구든지, 되는대로 자격증을 남발했다면 요리치료는 누구나 할 수 있는 일이 되었거나 허접하게 공부하는 것으로 인식되어 어느 순간 서서히 잊혀 졌을지도 모른다. 내가 생각하고 지향하는 작은 소신으로 요리치료가 지속되고 있으며 전국에서 활동하고 있는 선생님의 수가 적을지라도 제대로 교육받고 지속적으로 공부하는 선생님과 함께 하고 싶은 이에게 자격증을 발급해 왔으며 지금의 연구소가 망하지 않고 지탱하는 힘이라고 생각이 든다.

또 한 번은 신입 특수교사에게 퇴출당한 일도 있다. 일반학교 특수학급에서 일 년을 요리치료를 진행하였다. 이 후 재계약이 되어 계속 수업을 나가게 되었다. 그런데, 특수교사 두 명 중 한 선생님이 이직해서 새로운 분이 들어오시면서 문제가 발생했다. 선생님이 나에게 따지듯, 나무라듯 이렇게 말했다.

"우리 반 아이들이 평소엔 나한테는 안 그런데, 왜 요리치료를 하러 오기만 하면 드러눕고, 소리를 지르고 난리를 피우는 겁니까?" 그 선생님은 단 한 번도 나의 요리치료 수업을 참관하지도 않았을 뿐만 아니라 제대로 알려고 시도하지 않았다. 그녀는 자신이 평소 가르쳐왔던 특수교육과 기존의 치료방법에 대한 자부심이 대단하였다. 그녀는 자신이 생각한 문제를 a4용지에 빽빽하게 적어 교장선생님과 교감선생님, 교무부장선생님, 동료 특수교사에게 돌렸다. "요리치료 문제가 있다. 또 권 선생님의 교육관에도 문제가 있는 것 같다"고 하였으며 결국 신입 특수교사의 힘에 눌려 특수학급의 친구들과 헤어지게 되었다.

요리치료의 교육과정을 배우고 익혀 현장에서 요리치료 수업을 하는 요리치료사들도 간혹 시행착오를 범한다. 초보 요리치료사는 처음 요리 수업을 할 때 너무 떨린 나머지 이런 실수를 했다고 하였다. 식재료 탐색 활동에서 과일을 가로 세로로 잘라서 과일 속의 씨 모양을 보여주고 관찰하는 내용이 있었는데 그 녀는 수업 전에 구체적으로 많은 준비를 했음에도 불구하고 당황한 나머지 가로세로를 바꿔 설명하고 있었다. 그녀는 수업이 끝나고서도 정신이 없어 보였으며 그 후로 동영상을 확인하면서 설명이 뒤바뀐 걸 알았다.

나를 비롯하여 지속적인 공부로 연을 맺고 있는

요리치료사들은 크고 작은 시행착오 속에서도 활동 대상자 한명 한명을 어머니의 마음으로 따스하게 감싸는 자세로 대해오고 있다. 요리치료로 인연을 맺은 분들은 나에게 그간 요리치료로 어떻게 좋아졌는지, 앞으로 어떤 일을 계획하고 있는지 등을 알려온다. "요리치료사가 되길 참 잘한 건 같아요. 여가 시간을 활용해 경력 단절을 피할 수 있어서 좋아요. 무엇보다 꾸준히 요리치료를 한 후 눈에 띄게 변화를 볼 수 있는 친구들과 그 부모님이 자주 고맙다고 연락해오기 때문에 보람을 많이 느껴요. 이 때문에 더 완벽하게 준비를 하게 되고 요리치료를 받는 어느 한 분이라도 소홀히 다룰 수 없었어요."

앞으로 더 많아질 요리치료사는 어린이집, 방과 후 학교, 사회복지관, 주민 센터, 청소년수련관, Wee센터, 문화센터, 여성 센터, 다문화가정센터, 노인대학, 치매센터, 특수학교, 특수학급, 장애인복지관, 일반기업체 등 이들을 필요로 하는 곳은 어디든지 전국에서 활동하게 될 것이다. 이들이 여러 기관과 다양한 대상자에 맞게 요리치료를 성공적으로 완수하기 위해서는 가장 우선적으로 필요한 게 '요리치료 프로그램 계획하기'이다. 나는 요리치료사

과정에 입문하는 초보 선생님에게 요리치료 프로그램을 이렇게 계획을 하라고 말한다. 이것은 오랜 기간의 현장 경험을 통해 구축된 것이기 때문이다.

현장에서의 오랜 경험은 몸으로 부딪히면서 얻은 살아 있는 지식을 고스란히 전수된다. 강의실에 앉아 이론적인 수업을 수백 번 듣는 것도 중요하지만 전문가가 진행하는 수업을 참관하고 자기 것으로 이미지화 시켜보아야 한다. 그리고 현장에서 직접 진행 해 보는 것이 실질적인 요리치료 진행을 위하여 바람직하다. 현장의 경험은 다양하면 다양할수록 도움이 된다.

2020년, 나는 요리치료가 아직 미개척 분야로 험난한 길을 가고 있다고 생각하고 있다. 요리치료의 길은 오지이므로 끊임없이 자갈을 골라내고 길을 만들어 평평하게 다지고 또 다지는 과정이 있어야 된다고 생각한다. 이 일은 나 혼자로서는 불가능하고 뜻이 바른 선생님과 함께 할 때 가능하다고 본다. 새롭게 만드는 길이 다져지기 위해서는 많은 선생님의 열정이 보태져야하기 때문이다.

나의 동반자는 누구입니까?
나는 누구의 동반자입니까?

33. 행복의 날개를 달아 주자!

예전에 특수교육, 치료학과의 유명한 교수님이 나에게 "네가 뭔데, 이런 걸 만들었어!" 했던 말이다. 내가 요리치료 프로그램을 작성 한 후 첫 원고를 들고 내로라하는 교수님을 찾아갔을 때 일이다. 그들은 한 결 같이 아줌마가 이런걸 뭐 하러 만들었느냐는 못마땅한 표정이었다. 한마디로 관심을 갖고 원고를 읽어주는 이가 아무도 없었다는 것이다. 이 일이 엊그제 같은데 참 세월이 빠르다. 이젠 방송과 요리잡지, 중앙 3대 일간지를 통해 요리치료가 조금씩 알려지고 있다. 매스컴과 방송에서 요리와 먹방 프로그램이 대세인 것도 영향이 있다. 요리 만들기와 먹 방, 맛 집 탐방에서 좀 더 업그래이드된 심리와 정서, 힐링, 치유, 추억 등의 이름으로 요리와 어떻게 접목되어 진행되는지에 대해 호기심이 생기게 되면서 취재 요청을 해 오기도 하였다. 잘 아시다시피 매스컴에서 검증되지 않는 치료법을 소개할 리 없다. 그 만큼 요리치료가 새롭기도 하였고 오감자극을 통한 통합적 치료가 이루어짐으로 효과의 탁월성을 직접 경험 할 수 있다는 것이다.

2008년 특수교사 연수에서 있었던 일이다. 요리치료 연수강의가 끝나자 교육감님이 나에게 커피 한 잔 하자며 불렀다. 그 분은 강의 내내 한 번도 밖으로 나가지 않고 강의를 다 듣고 계셨다. "권 선생님, 요리치료 참 기발한 프로그램이군요. 이렇게 훌륭한 프로그램이라면 특수교사들이 모두 정규 과목으로 이수하도록 해야 할 것 같아요. 조만간 그렇게 되는 날이 오리라 봅니다. 권 선생님은 특수교육 분야에 선구적인 업적을 남길 거라 봅니다. 내가 지켜 볼 테니, 좋은 활동 기대합니다."

조리학과 교수님도 요리치료를 배우겠다고 요청해왔다. 그 분은 요즘 학생들이 졸업을 해도 취직이 잘 되지 않는데, 새로운 분야를 학생들에게 가르쳐주어 취업에 도움을 주고 싶다고 했다. "조리학과

255

교수로서 학생들에게 가르칠 것은 다 가르쳐 주었지요. 이 분야에 관한한 내가 가진 것을 다 쏟아 부었다고 자부해요. 그런데 학생 입장이 되어 보면 생각이 좀 달라졌습니다. 시대가 빠르게 변하다보니 내 젊은 시절에 없던 조리 프로그램이 새로 생기는 일이 비일비재합니다. 그러니까 내가 가진 것을 다 알려준 것만으로는 부족한 것이지요. 저는 늘 새로운 분야, 새로운 조리 관련 프로그램이 어떤 게 생겼나 관심을 가져 왔는데, 권 선생님의 요리치료가 학생들에게 제격이라고 판단했어요. 요리치료의 전망과 파급력을 생각할 때 학생들이 요리치료를 배워둘 필요성이 있다고 보았지요. 모르죠. 십여 년 흐른 뒤 요리치료가 조리학과의 한 과목이 될지 말이지요." 요리치료의 우수성은 입에서 입으로 전파되더니 종교계에까지 전파되었다. 지역의 수녀님이 요리치료를 배우겠다고 요청해왔다.

"저희 수녀들의 공동체에서 요리를 만들어 먹는 차원을 뛰어 넘어 치유하는 프로그램을 도입하고 싶습니다. 앞으로 신자들을 위한 피정 프로그램에도 이것을 추가해보고 싶구요." 스님들은 사찰요리와 접목해 템플스테이에서 활용해보고 싶다고 했으며,

목사 사모님은 요리치료를 고정적인 프로그램으로 운영해 교인들과 눈높이를 맞추고 싶다고 했다. 이렇듯 교육기관, 문화센터, 복지관을 넘어 종교계에서도 요리치료에 관심을 갖는 이유는 뭘까? 종교단체는 살아가면서 갖가지 난관과 고민에 시달리는 사람들이 찾아가 기대고 위로를 받는 곳이다. 피상적인 치유가 아닌 마음 속 깊은 곳을 어루만져 줌으로써 행복을 전해주는 곳이 종교기관이다.

이렇듯 현재의 요리치료는 특수교육, 치료학과 교수님도 인정하는 창의적인 치료기법이 되었으며 조리학고 교수님도 배우고 싶어 하고 학생들에게 권유하고 싶어 할 정도로 조금씩 다가가고 있었다. 수녀님, 사모님, 스님 등 종교기관에 몸을 담고 있는 분들도 먹을거리를 활용하여 심신치유를 도모하려는 움직임을 엿볼 수 있었다. 10여 년 동안 요리치료는 다양한 곳에서 진행되어 왔다. 장애인과 영유아와 청소년과 성인, 어르신을 비롯한 일반인과 다문화 가정 등의 모두에게 요리치료는 희망이 되고 있다.

수많은 현장에서 요리치료를 진행해 본 결과 요리심리치료는 신통방통(神通旁通)한 활동이다. 신통방통은 "매우 대견하고 칭찬해 줄 만하다"는 뜻이다. 신통은 "모든 일에 능통하다"는 의미로 요리활동이 '오감을 깨우는 능력이 뛰어남'을 뜻한다. 요리활동은 그 자체로도 모두에게 즐거움을 주는 신나는 일이다. 요리활동은 식재료들이 조화를 이루어 멋진 결과물을 만들어내는 신기한 작업이다. 요리활동은 다른 매체와 다른 신선함을 선사한다. 방통은 "두루 자세하고 분명히 안다"는 의미로 요리활동을 통해 '신체적 발달, 인지발달, 정서발달, 언어발달, 사회성 훈련을 향상시킬 수 있음'을 뜻한다. 요리활동은 신체발달, 인지발달, 정서발달, 언어발달, 사회성 훈련을 향상시키는 방향을 제시한다. 요리활동은 대상자에 따라 활용하는 방법을 알려준다. 요리활동은 대상자에 접근하는 심리학적 방식을 만든다.

종종 나의 활동에 관심을 갖고 있는 분이 한국요리치료연구소의 로고가 무엇을 뜻 하냐고 질문을 해온다. 이 로고의 의미는 "식재료의 기본인 '씨앗'과 조리도구의 기본인 '솥'이 마음을 상징하는 '하트'와 결합하여 사람들이 겪는 신체적, 심리적, 정서적 장애를 해결하는데 도움을 주고자 하는 의미를 담고 있어요." 이곳이 요리치료 의미 있게 바라보는 이유는 요리치료가 친숙한 요리 활동을 통해 누구나 쉽게 통합적인 치유를 얻을 수 있게 때문이라고 본다. 사람이 살아가면서 갖는 가장 큰 목적은 행복이다. 신통방통한 요리심리치료가 가지고 있는 목적 또한 모든 사람을 행복하게 만드는 것이다. 지금까지 내가 요리치료를 만나게 된 경위와 요리치료 관련 책을 낸 후 요리치료사 활동을 해온 것을 소개하는 이유는 요리심리치료가 행복을 이루는 최고의 방법이라는 점이다. 끝으로 펜을 놓으며 연구소에 늦게까지 홀로 남아 있을 때 적었던 시 한편을 소개할까 한다. 부족하나마 요리치료가 우리 모두의 치유와 행복을 소망하고 있다는 점을 담아보았다. 그간 요리치료를 거쳐 갔던 영유아와 학부모님, 청소년과 주부, 성인과 어르신들과 함께 조용히 이 시를 마음을 다해 읊조려본다.

"요리치료는 머리로 생각한 일들을 두 손을 마주 잡고 두 발로 뜀박질하여 가슴으로 만나는 일입니다. 내가 만나는 친구들이, 내가 만나는 부모들이 치료사의 열정으로 꿈을 꾸게 하고 희망이 되게 하고 그로 인해 행복이라는 날개를 달고 사랑으로 하

나 되기를 열정으로 함께 하기를 두 손 모아 소망
하는 일입니다."

《 요리치료 이야기 》를 마무리하며

나의 허리는 언제나 구부정하다. 내가 만나는 그들과 눈을 맞추기 위해서는 다리를 접어야 하고 허리를 굽혀야 한다. 언제쯤 허리를 꼿꼿하게 세워 볼수 있을까? 나의 허리가 세워지는 것은 그의 눈을따라 가고 있다는 것이다.

그는 나의 신장을 훌쩍 넘어서고 있다. 이제는 눈아래로 나를 내려 보고 있는 그를 올려 보아야 한다. 드디어 허리가 세워지는 날이 왔지만, 무릎을펴고 허리를 세워 봐도 따라 갈 수 없다. 나의 눈맞춤은 언제나 낮은 자리에서 한걸음씩 움직이고있는 중이다.

스치고 지나 간 자리도 나의 역사이다. 그 역사 앞에 겸허히 고개 숙이는 나이기를 바랄 뿐이며, 언제어디서 누구를 만나더라도 낮은 자리에서 낮은 목소리로 요리활동으로 교육을, 요리활동으로 치료지원을 할 수 있기를 소망한다. 요리치료 이야기는 나의 이야기이자 나의 역사이다.